宇宙，星空和你

[美] 本杰明·阿莱尔·萨恩斯 著　尹楠 译

Aristotle and Dante

Discover the Secrets of the Universe

内蒙古文化出版社　博集天卷 CS-BOOKY

献给那些必须特立独行的人

我们为什么微笑？我们为什么开怀大笑？

我们为什么会感到孤独？我们为什么悲伤、困惑？

我们为什么读诗？我们看到一幅画时为什么会流泪？

我们爱上某人的时候为什么心如小鹿乱撞？

我们为什么会感到羞耻？

你内心那个被称为欲望的东西究竟是什么？

目 录

Aristotle and Dante Discover the Secrets of the Universe

非常规之夏

按照别人的想法行事，

是我生活中的一大难题。

第一章

夏夜，我悄然入睡，希望醒来时世界会有所不同。清晨，我睁开眼，世界还是那个世界。我掀开被单，平躺在床上，任由热气从敞开的窗户涌进来。

我伸手去调收音机。它正在播放《孤独》。讨厌，《孤独》是心灵乐队的歌。我不喜欢这首歌，不喜欢这支乐队，也不喜欢这首歌的主题。“你不知道我多想……”

我十五岁。

我很无聊。

我很痛苦。

我觉得太阳也许会烤化天空的蓝，天空也会变得和我一样痛苦。

电台音乐节目主持人聒噪道：“夏天来啦！外面可真热！”就是没话找话。随后，他开始播放《独行侠》[1]中的怀旧曲子。他每天早上都喜欢来这一套，以为这是唤醒世界的时髦方式。“嗨哟，银翼[2]！”是谁请他来当主持人的？他简直想要了我的命。当

[1] 美国电视剧《独行侠》。

[2] 独行侠的坐骑名为银翼。

我们听到《〈威廉·退尔〉序曲》时，脑海中应该出现独行侠和唐托策马穿越沙漠的画面。也许应该有人告诉这个家伙，我们早已不是十岁的孩子。“嗨哟，银翼！”狗屁。广播里又响起主持人的声音：“醒醒，埃尔帕索[1]！今天是1987年6月15日，星期一！1987年！你相信吗？我要对韦伦·詹宁斯[2]说一声‘生日快乐’，今天是他的五十岁生日！”韦伦·詹宁斯？这可是个摇滚乐节目，见鬼！不过，他随后说的话表明他还算长了脑子。他讲述了韦伦·詹宁斯在1959年的空难中死里逃生的故事，要知道那场空难可是要了巴迪·霍利和里奇·瓦伦斯[3]的命。接着，他放了一首灰狼一族合唱团[4]翻唱的《拉班巴》[5]。

《拉班巴》，我还能接受。

我光着脚站在木地板上，一边用脚打拍子，一边随着节拍摇头晃脑，不禁开始想：当飞机无情地坠向地面时，里奇·瓦伦斯在想些什么？嘿，伙计！音乐到此结束。

音乐这么快就要结束了。音乐刚响起就要结束了。真是令人伤心。

---

[1] 美国得克萨斯州城市。

[2] 美国歌手和词曲作家。

[3] 两人皆是美国摇滚歌星。

[4] 美国摇滚乐队。

[5]《拉班巴》是一首墨西哥民歌，经里奇·瓦伦斯改编后风靡一时。

第二章

我走进厨房。妈妈正在准备午餐，她约了信仰天主教的女性朋友们聚会。我给自己倒了杯橙汁。

妈妈微笑着对我说："你要说'早上好'吗？"

"我正在想要不要说。"我答道。

"嗯，至少你起床了。"

"我必须好好想想。"

"男孩都那么能睡觉吗？"

"我们擅长睡觉。"我的话让她开怀大笑，"不过，我没在睡觉。我在听《拉班巴》。"

"里奇·瓦伦斯，"她近乎耳语般地说道，"太令人伤心了。"

"就像你喜欢的佩茜·克莱恩[1]一样。"

她点了点头。有时候听见她唱克莱恩的《疯狂》时，我会朝她会心一笑，她也会回以一个微笑。这就像我们俩之间的秘密。我的妈妈有副好嗓子。"飞机失事。"妈妈轻声说。我觉得她是在自言自语，而不是在和我说话。

"里奇·瓦伦斯也许死得太早，但他做了很多事。我是说，他

[1] 美国歌手，死于飞机失事。

真的做了些什么。我呢？我做过什么？”

“你还有时间，”她回应道，“有很多时间。”她总是那么乐观。

“你首先必须成为一个大人。”我说道。

她朝我扮了个鬼脸。

“我十五岁了。”

“我知道你多大。”

“十五岁还不是大人？”

妈妈大笑起来。她是高中老师。我知道她勉强同意我的话。

“今天为什么叫那么多人聚会？”

“我们要重新组织食物银行[1]。”

“食物银行？”

“每个人都应该有东西吃。”

妈妈记挂着穷人。她过过穷日子，知道饿肚子是怎么回事，而我从来不知道。

“嗯，”我说道，“我想应该是这样吧。”

“也许你能帮帮我们？”

“当然。”我回应道。其实我讨厌当志愿者。按照别人的想法行事，是我生活中的一大难题。

“你今天要做什么？”这个问题有点儿难回答。

“我要加入黑帮。”

“这一点儿也不好笑。”

“我是墨西哥人。这不就是我们该做的事吗？”

---

[1] 也叫食品银行，是为有需要的人免费提供食物的非营利组织。

"一点儿也不好笑。"

"一点儿也不好笑。"我重复道。好吧，一点儿也不好笑。

我真想一走了之。我并不是无处可去。

当妈妈的天主教女教友们来到家里时，我觉得自己快要窒息了。这和她的朋友们都年过五十无关——一点儿关系也没有，也和她们不断地感叹自己如何看着我长成一个男人这件事无关。我是说，我知道她们只是在闲扯，在亲热又无伤大雅地闲扯而已。我能忍受她们抓着我的肩膀说："让我好好看看。让我看看。噢，长得真俊哪，长得真像爸爸。"她们这么做并不是因为我有多好看，我也仅仅是我而已。是的，我长得像我爸爸。我不觉得这有什么了不起。

真正让我抓狂的是妈妈的朋友比我多，这有多可悲？

我决定去纪念公园游泳。这个想法微不足道，但至少是我自己的想法。

我出门时，妈妈拿走搭在我肩上的旧毛巾，换成了一条更好的毛巾。在妈妈的世界里有一些关于毛巾的规矩，我就是搞不懂。但这些规矩并不仅限于毛巾。

她打量了一下我的T恤。

我一看就知道那是不赞成的表情。在她开口让我换衣服之前，我表明了我的态度。"这是我最喜欢的T恤。"我说。

"你昨天不是穿过这件吗？"

"是的，"我答道，"这是卡洛斯·桑塔纳[1]。"

---

[1] 墨西哥裔美国音乐家。

“我知道他是谁。”她说道。

“这是爸爸送我的生日礼物。”

“我记得你打开你爸爸送的礼物时可没有多开心。”

“我以为是别的东西。”

“别的东西？”

“我不知道，就是别的东西。生日送件T恤？”我看着妈妈说，“我只能说我不懂他。”

“他没那么复杂，阿里。”

“他不怎么说话。”

“有时候人们开口说话时说的并不是真话。”

“我想是这样的。”我回应道，“不管怎样，我现在很喜欢这件T恤。”

“我看得出来。”她笑着说。

我也笑起来：“这是爸爸第一次去看演唱会的时候买的。”

“我也去了，我还记得。这件T恤现在又旧又破。”

“我念旧。”

“当然。”

“妈妈，现在是夏天。”

“是的，”她说道，“现在是夏天。”

“不一样的规矩。”我说道。

“不一样的规矩。”她重复道。

我喜欢夏天不一样的规矩。妈妈得忍受这些规矩。

她伸出手，用手指梳理我的头发：“答应我，明天不穿它了。”

“好的，”我说，“我答应你。但你也得答应我不把它放进烘干机里。”

“也许我应该让你自己洗这件T恤，”她笑着对我说，“别把自己淹死。”

我笑着回应道：“如果我淹死了，别把我的狗送人。”

狗只是个玩笑。我们没有狗。

妈妈懂我的幽默，我也懂她的幽默。我们在这方面心有灵犀，但这并不代表她很好懂。有一件事我完全明白，我知道爸爸为什么会爱上她。至于她为什么会爱上爸爸，我到现在都无法理解。六七岁时，有一次我非常生爸爸的气，因为我想让他陪我玩，可他躲得远远的，好像我根本不存在一样。我气冲冲地问妈妈：“你怎么会嫁给那个家伙？”

她微笑着用手指梳理我的头发。她一直喜欢这么做。她直视我的眼睛，平静地说：“你爸爸很帅。”她说这话时甚至没有丝毫犹豫。

我想问她那个帅哥后来怎么了。

第三章

外面酷热难耐，蜥蜴被热得一动不动，甚至鸟儿也躲了起来。马路裂缝处的柏油正在熔化。天空碧蓝如洗。我突然觉得也许大家都逃离了这座城市和这个炎炎夏日，也许所有人都像科幻电影里演的那样死掉了，我是地球上的最后一个男孩。就在我的脑海里闪过这样的念头时，一群住在附近的男孩骑着自行车从我面前经过，这让我希望我就是地球上的最后一个男孩。他们一路大笑、胡闹，似乎玩得很开心。其中一个男孩冲我吼道："嘿，门多萨！和你所有的朋友出去玩？"

我挥了挥手，假装毫不在意，哈哈哈。然后，我朝他们竖起了中指。

一个男孩停下来，掉转车头，开始围着我绕圈。"你要再做一次吗？"他问。

他把自行车停在我面前，直勾勾地盯着我。

这招儿没用。我知道他是谁。他的兄弟哈维尔有一次想整我，挨了我一拳。哈维尔是我的死敌，揍他我不会感到抱歉。是的，我脾气不好。我承认。

他装出一副刻薄的腔调，好像这样能吓到我："别惹我，门多萨。"

我又朝他竖起中指，正对着他的脸，就像拿枪指着他一样。他骑车走了。我害怕很多东西，但不怕像他一样的家伙。

大部分男孩不会惹我，即便是拉帮结派到处乱跑的也不会。他们再次骑着车大喊大叫地从我身旁经过。他们都是十三四岁的男孩，招惹像我这样的男孩只是觉得好玩儿。他们的声音逐渐远去，我开始为自己感到难过。

自怨自艾是一门艺术，我想一部分的我喜欢这么做。也许这和我的出生次序有关。我觉得这是原因之一。我假装是独生子，但我其实并不喜欢这么做。我不知道自己还能怎么想。我是家里唯一的孩子，但其实并不是。糟透了。

我的一对双胞胎姐姐比我大十二岁。十二年就像一生那么长。我发誓它就是那么长。她们总是让我觉得自己像个婴儿，玩具，别的什么物件或宠物。我很喜欢狗，但有时候我觉得自己也不过是家里的吉祥物而已。在西班牙语里，吉祥物就是指家庭宠物狗。吉祥物。吉祥物。很好，阿里是家里的吉祥物。

我还有个哥哥，他比我大十一岁。他比我的姐姐们更不好相处。我甚至不能提他的名字。谁喜欢谈论监狱里的哥哥呢？我爸妈肯定不喜欢。我的姐姐们也不喜欢。也许大家闭口不谈哥哥这件事对我有所影响。我想是这样的。不说话让人感觉很孤独。

当我的姐姐们和哥哥出生时，我爸妈还很年轻，正在为生计奋斗，“奋斗”是他们最喜欢的词。有了三个孩子之后，爸爸为完成大学学业加入了海军陆战队。后来，他上了战场。

战争改变了他。

他回家后有了我。

有时我觉得爸爸身上有很多伤痕，在他的心里、脑袋里，到处都是。做一个上过战场的男人的儿子绝非易事。八岁的时候，我无意中听到妈妈和奥费利娅姨妈打电话说：“我认为战争在他那儿永远不会结束。”后来我问奥费利娅姨妈这是不是真的。她答道：“是的，这是真的。”

“可是，战争为什么就不能放过我爸爸？”

“因为你爸爸有良心。”她说道。

“他在战场上遇到了什么事？”

“没人知道。”

“他为什么不告诉我们？”

“因为他不能。”

事情就是这样。我八岁的时候对战争一无所知。我甚至不知道什么是良心。我只知道爸爸有时很难过。我不喜欢他难过。他难过让我也很难过。我不喜欢难过。

所以，我是个心里装着越南的男人的儿子。嗯，我有各种悲惨的理由为自己感到难过。长到十五岁也没什么用。有时我觉得长到十五岁反而是最悲惨的事。

第四章

到泳池之后，我得先冲个澡。这是规矩之一。是的，规矩。我讨厌和一群男人一起冲澡。不知道为什么，我就是不喜欢。你知道，有些男人很喜欢聊天。和一群男人一起冲澡，谈论讨厌的老师、最近看过的电影或是想和哪个女孩一起做点儿什么，对他们来说好像再正常不过。但我不这么认为，我没什么可说的。和一群男人其乐融融地一起冲澡，不是我的风格。

我走到泳池边，坐到浅水区那侧，把脚伸进水里。

如果你不会游泳，你会在泳池里做什么？学习。我猜这就是答案。我已经设法教会我的身体漂浮在水面上。我莫名其妙地发现了一些物理学原理。最妙的是，我全凭自己的力量发现了这些原理。

全凭自己的力量。我很喜欢这句话。我不太擅长寻求帮助，这是我从爸爸那里继承的坏习惯。不过，那些自称是救生员的游泳教练糟透了。他们没什么兴趣教一个瘦骨嶙峋的十五岁的小浑蛋游泳。他们的注意力都放在了那些乳房突然发育的女孩身上。他们对乳房十分着迷。这是事实。我听到过两个救生员的对话，其中一个救生员正在照看一群小孩。他说："女孩就像一棵长满叶子的树。你只想爬上去，把所有叶子扯下来。"

另一个救生员大笑着说："你可真是个浑蛋。"

"不，我是个诗人，"一开始说话的那个救生员回应道，"身体诗人。"

说完他们俩都大笑起来。

是的，当然，他们都在学习沃尔特·惠特曼[1]，两个人都是如此。瞧，我真的不喜欢和男人们混在一起。我是说，男人们真的让我很不舒服。我也不知道为什么。我只是……我不知道……我只是不属于他们。一想到我自己也是个男人，我就觉得很尴尬。一想到我长大后可能会像那些浑蛋一样，我就感到很沮丧。女孩就像一棵树？那男人就像一截儿被白蚁寄生的朽木一样愚蠢。妈妈会说这只是他们成长中的一个阶段，他们的脑子很快就会重新长出来。他们当然会重新长出脑子。

人生也许就是由一系列的成长阶段组成的，一个接着一个。也许再过几年，我也会经历那两个十八岁救生员的成长阶段。我并不是真的相信妈妈的阶段论，她的话听起来不像解释，更像借口。我觉得妈妈不太懂男人。我也不懂男人。虽然我是个男人。

我觉得自己有问题。我自己都觉得自己难以理解。这种感觉糟透了。我的问题很严重。

有一件事是肯定的：我绝对不会让那些浑蛋中的一个教我游泳。我宁可独自一人凄惨地待着。我宁可淹死。

于是，我就独自一人待着，随意漂浮。但我并不开心。

这时，我听到了他的声音，有点儿刺耳："我可以教你游泳。"

---

[1] 美国诗人。

我移动到泳池边，站在水里，在阳光下眯起眼睛。他在泳池边坐了下来。我怀疑地看着他。如果有人想教我游泳，这个人肯定没有自己的生活。两个没有自己生活的男人，这能有什么乐趣？

我有个规矩，一个人无聊好过和别人一起无聊。我基本上在按照这个规矩生活。也许这就是我没有朋友的原因。

他看着我，耐心等待着。他再次开口："如果你愿意，我能教你游泳。"

我有点儿喜欢他的声音。他的声音听起来像得了感冒，快要失声了一样。"你的声音真有趣。"我说。

"过敏。"他说。

"对什么过敏？"

"空气。"他答道。

我笑出声来。

"我叫但丁。"他自我介绍道。

我笑得更大声。"对不起。"我说。

"没关系。大家总是嘲笑我的名字。"

"不，不。"我解释道，"我笑只是因为我叫亚里士多德。"

他的眼睛一亮。显然这个家伙已经准备好听我说的每一个字。

"亚里士多德。"我重复道。

然后，我们俩都有点儿笑疯了。

"我爸爸是英语教授。"他说。

"至少你还有个借口。我爸爸是邮递员。亚里士多德是我爷爷的名字的英文版。"说完，我用非常正式的墨西哥口音念出爷爷的名字，“亚里士多德。我真正的名字是安杰尔[1]。”接着我用西班牙语念出，“天使。”

“你叫安杰尔·亚里士多德？”

“没错。这就是我的真名。”

我们俩再次大笑起来，笑得停不下来。我不知道我们在笑什么。只是在笑我们的名字？因为释然？我们开心吗？笑是人生的又一难解之谜。

“我过去常常告诉别人我叫丹，故意说成一个字的名字。但我现在不那么做了，那不诚实。而且我总会被人拆穿，感觉自己像个骗子。我为我因自己感到羞愧而羞愧。我不喜欢这种感觉。”说着他耸了耸肩。

“大家都叫我阿里。”我说。

“很高兴认识你，阿里。”

我喜欢听他说，很高兴认识你，阿里。听起来如此真心实意。

“好吧，”我说，“教我游泳吧。”我说这话的语气就像是我在帮他的忙。他要么是没注意到，要么就是不在意。

但丁简直像个专业的老师。他是个游泳高手，对于如何调动手臂、腿和呼吸了如指掌，也非常清楚身体在水中如何运动。他喜欢水，也尊重水。他既能看到水的美好，也能看到它的危险。他谈论游泳就像在谈论一种生活方式。他才十五岁。这个家伙究竟是什么人？他看起来有点儿脆弱，但事实并非如此。他训练有素，意志坚定，知识渊博。他既不假装愚蠢，也不故作普通。他

[1] 原文 Angel 在英文中有天使的意思。

既不愚蠢，也不普通。

他风趣、专注，争强好胜。我是说这个家伙可能争强好胜。他一点儿也不卑鄙。我不明白怎么会有人生活在卑鄙的世界中，却一点儿也没沾染卑鄙的坏毛病。一个人怎么能一点儿也不卑鄙呢？

但丁成为神秘的宇宙中又一个未解之谜。

整个暑假我们都在一起游泳、看漫画、读书，还讨论我们读过的书。但丁从他爸爸那里“继承”了一整套《超人》漫画。他爱它们。他也喜欢阿奇和韦罗妮卡[1]。我讨厌那种狗屎。“那不是狗屎。”他反驳道。

至于我，我喜欢蝙蝠侠、蜘蛛侠和绿巨人。

“太黑暗了。”但丁评论道。

“说出这种话的人还喜欢康拉德[2]的《黑暗的心》。”

“那不一样。”他解释道，“康拉德写的是文学作品。”

我一直强调漫画也是文学作品。但是，文学对但丁这样的人来说是非常严肃的事物。我不记得自己曾争赢过他。他是比我更能言善辩的辩手，也是比我更优秀的读者。我是因为他才读康拉德的书。读完之后，我告诉他我讨厌这本书。“除了他写的是事实这一点。世界是黑暗的，康拉德说得对。”我总结道。

“你的世界或许如此，阿里，但我的世界不是。”

“是，是。”我说。

“是，是。”他说。

[1] 漫画中的人物。

[2] 英国作家。

其实，我骗了他。我喜欢这本书。我觉得它是我读过的最美好的书。当爸爸发现我在读这本书时，他告诉我这是他最喜欢的书之一。我想问他是在上战场之前还是之后读的这本书。问我爸爸问题等于白问，他从不回答任何问题。

我觉得但丁读书是因为他喜欢读书，而我读书是因为没有别的事情可做。他会详细解读书中的故事，而我只读故事。我有一种感觉，我读书时查的单词比他查的多。

我比他黑暗。我说的不仅是肤色问题。他说我对生活的看法很悲观：“这就是你喜欢蜘蛛侠的原因。”

“我只是更像墨西哥人，”我解释道，“更悲观。”

“也许吧。”他回应道。

“你是乐观的美国人。”

“这是种侮辱吗？”

“也许吧。”我答道。

我们大笑起来。我们总是大笑。

我和但丁一点儿也不像，但我们还是有一些共同之处。我们都不能在白天看电视。我们的爸妈都不喜欢电视对男孩的心灵的影响。我们都多多少少受过这样的教育：你是个男孩，出去做点儿什么！外面整个世界都在等你……

我和但丁是美国最后两个在成长的过程中不能看电视的男孩。有一天他问我：“你觉得我们的爸妈说得对吗？外面整个世界都在等我们？”

“我表示怀疑。”我说。

他哈哈大笑。

这时，我的脑海里冒出一个念头。“我们坐公交车出去看看吧。”

但丁微微一笑。我们都喜欢坐公交车。有时候我们整整一个下午就坐着公交车到处转。我告诉但丁：“有钱人不坐公交车。”

“所以我们喜欢它。”

“也许吧。”我说，“我们是穷人吗？”

“不。”他笑着说，“如果我们离家出走，我们才会变成穷人。”

我觉得这是一件很有意思的事。

“你做过这件事吗？”我问，“离家出走？”

“没有。”

“为什么没有？”

“你想听我说个秘密吗？”

“当然。”

“我很喜欢我的爸爸妈妈。”

他的话让我忍俊不禁。我从没听过有人这么说自己的爸妈。我是说，没人这么喜欢自己的爸妈。除了但丁。

他突然在我耳旁低语：“那个坐得比我们往前两个座位的女士，我觉得她有故事。”

“你怎么知道？”我轻声问。

“她上公交车前摘下了结婚戒指。”

我微笑着点了点头。

我们尽情地编造其他公交车乘客的故事。

我们知道，他们也在编造我们的故事。

我从来没有和别人走得很近过。我几乎是个独行侠。我打篮球、棒球，参加过幼童军，年龄大一点儿以后也参加过童子军，但我总是和其他男孩保持距离。我从不觉得自己是他们世界的一部分。

对于男孩，我会观察他们，研究他们。

最后，我发现身边的男孩几乎都没什么意思。事实上，我很反感他们。

也许我有点儿自视甚高，但我并不认为自己高人一等。我只是不知道该怎么和他们说话，不知道和他们在一起时怎么做自己。和其他男孩在一起并没有让我觉得自己更聪明，反而让我觉得自己很愚蠢、不够好，就好像他们都是那个俱乐部的一员，只有我不是。

当我到了参加童子军的年龄时，我告诉爸爸我不想参加。我再也无法忍受。

“试一年。”爸爸说。他知道我有时会打架，因此总教导我正确认识暴力行为。他想让我远离学校里的帮派，阻止我变成监狱里的哥哥那样。因为不被家人承认的哥哥的存在，我必须成为一个优秀的童子军。这糟透了。为什么只因为我有个坏哥哥，我就一定要做个好男孩？我讨厌爸妈这种简单粗暴的计算法则。

我顺从爸爸的心意，试了一年。除了学会了如何做心肺复苏，我讨厌童子军的一切。其实我也不喜欢对着别人的嘴呼气，这有点儿吓到我。但这样做能让人的心脏重新开始跳动。它莫名地让我着迷，即使我不太明白其中的科学原理。我学会了如何“起死回生”，拿到相应的徽章后，就退出了童子军。到家后，我把徽章给了爸爸。

“我觉得你犯了个错误。”爸爸只说了这一句话。

我可不想进监狱。我想回这么一句。但我没这么说，只是回嘴道：“如果你让我回去，我发誓我会开始抽大麻。”

爸爸奇怪地看了我一眼。“这是你的人生。”他说，就好像他说的是真的一样。关于我爸爸，我还要说一句：他从不说教。他不会搞长篇大论。这让我很生气。他不是个刻薄的人，脾气也不坏。他通常言简意赅：“这是你的人生。”“试一下吧。”“你确定你想这么做？”他为什么不能多说几句话？他不让我了解他，我又怎么了解他呢？我讨厌这种感觉。

我过得很好。我在学校里有朋友。可以这么说吧。我不是很受欢迎。我怎么可能受欢迎呢？为了大受欢迎，你得让人相信你是个有趣的人。我只是不太会骗人。

我以前经常和戈麦斯兄弟一起玩。但他们搬家了。我还和吉娜·纳瓦罗、苏茜·伯德等几个女孩一起玩，她们以折磨我为乐。女孩也是未解之谜。一切都是未解之谜。

我想我也没那么惨。也许大家都不喜欢我，但我也不是那种人人都讨厌的孩子。

我很会打架。所以大家都不理我。

我几乎是个隐形人。我想我喜欢这种状态。

突然，但丁闯进了我的世界。

第五章

第四次游泳课结束后，但丁邀请我去他家玩。他住在一栋很大的旧房子里，就在公园前的街对面，离泳池不到一个街区。

他把我介绍给他的爸爸，就是那个英语教授。我从没见过当英语教授的墨西哥裔美国人，我不知道还有这样的墨西哥人。事实上，他看起来一点儿也不像教授。他年轻英俊，为人随和，似乎还保留着些许孩子气。他看起来是个热爱生活的人，和我爸爸截然不同，我爸爸总是与外界保持一定距离。我爸爸身上有我搞不懂的阴暗面，但丁的爸爸则没有任何阴暗面，就连他的黑眼睛似乎都闪闪发光。

那天下午我见到但丁的爸爸时，他正坐在办公室的皮椅上看书，穿着简单的牛仔裤和T恤。我从没见过有人在自己家里有一间办公室。

但丁走到他爸爸身旁，亲吻他的脸颊。我从没做过这种事，也永远不会这么做。

“你早上没刮胡子，爸爸。”

“现在是暑假。”他爸爸说。

“这代表你不用工作。”

“这代表我得写完我的书。”

“写书不是工作。”

但丁的爸爸大笑着说：“你得好好学学什么叫工作。”

“现在是暑假，爸爸。我不想听什么关于工作的事。”

“你一直都不想听关于工作的事。”

但丁不喜欢此刻谈话的主题，于是主动改变话题：“你要留胡子吗？”

“不，”他笑道，“太热了。而且，如果我再不刮胡子，你妈妈就不愿意吻我了。”

“哇，她要求可真苛刻。”

“没错。”

“她不吻你，你会怎么办？”

他咧嘴一笑，然后抬头看向我：“你怎么能忍受这个家伙？你一定是阿里。”

“是的，先生。”我有点儿紧张。我不习惯见任何人的家长。我见过的大多数家长都没什么兴趣和我说话。

他把书放下，站起身来，走近我，和我握了握手。“我叫萨姆，”他自我介绍道，“萨姆·昆塔纳。”

“很高兴认识你，昆塔纳先生。”

“很高兴认识你。”这句话我已经听过无数遍。但丁对我说这句话的时候，听起来真心实意。但我说这句话的时候，只觉得自己又蠢又没有创意。我真想找个地方躲起来。

“叫我萨姆就行。”他说。

“不行。”我回应道。上帝呀，我想躲起来。

他点了点头，继续说：“你很贴心，懂得尊重人。”

我爸爸从没说过“贴心”这个词。

他看了但丁一眼，说道：“这个小伙子懂得尊重人。你也许可以向他学学，但丁。”

“你是说你希望我叫你昆塔纳先生？”

他俩不约而同地大笑起来。接着，他又把注意力放回我身上：“游泳怎么样？”

“但丁是个好老师。”我说。

“但丁擅长很多事情，但他不怎么会打扫自己的房间。打扫房间太像工作。”

但丁看了他一眼：“你是在暗示什么吗？”

“反应很快，但丁。这一定遗传自你妈妈。”

“别自作聪明，爸爸。”

“你刚才用了什么词？”

“那个词冒犯了你吗？”

“不是那个词本身，也许是你的态度。”

但丁翻了个白眼，然后一屁股坐在他爸爸的椅子上。他脱下网球鞋。

“别太随意。”他爸爸提醒道，“你的猪圈在楼上。”

他们父子间的相处方式以及充满父子情的轻松的交流方式，让人觉得父子间的爱仿佛就是如此简单又纯粹，我不由得笑起来。我和妈妈的关系有时候简单纯粹，但也只是有时候。而我和爸爸之间没有那种父子情。我想知道如果我和爸爸在一个房间里聊天儿，如果我亲吻我爸爸，那会是一种什么感觉。

我们一起上楼，但丁带我参观他的房间。他的房间很大，天花板很高，地上铺着木地板，有很多扇旧式窗户，光线充足。房间里堆满了东西：地板上到处是衣服，四处散落着旧相册和书，随处可见写了字的便签本、宝丽来照片，还有几台相机、一把没有弦的吉他、几张活页乐谱和一个涂满笔记及图画的公告板。

他放了些音乐。他有一台电唱机。那是一台20世纪60年代的真正的电唱机。"这是我妈妈的。"他说，"她本来要扔掉，你相信吗？"他放上他最喜欢的专辑《艾比路》[1]。"黑胶，"他说道，"真正的黑胶唱片。不是那种垃圾磁带。"

"磁带有什么不好？"

"我不信任它们。"

我觉得这么说很奇怪，有趣又奇怪。"唱片容易刮花。"我说。

"小心保存就不会。"

我打量了一圈凌乱的房间，道："看得出来你真的很喜欢保存东西。"

他没有生气，只是大笑。

他递给我一本书。"拿着。"他说，"我打扫房间的时候，你可以看这本书。"

"也许，我应该直接走人——"我停顿了一下，扫视了一眼乱糟糟的房间，"这里有点儿吓人。"

他笑着说："别，别走。我讨厌打扫房间。"

"如果你没有那么多东西，也许就不会那么讨厌打扫。"

"不过就是东西多了一点儿。"他说。

[1] 英国摇滚乐队披头士乐队的专辑。

我没再说什么。我没有什么东西。

“留下来吧，这里没那么糟糕。”

我莫名地感觉有点儿不自在，但我还是说：“好的，需要我帮忙吗？”

“不用，这是我的工作。”他有点儿无奈地说，“就像我妈妈说的：‘这是你的责任，但丁。’责任是我妈妈最喜欢的词。她觉得我爸爸对我要求不严。他当然不会严格要求我。她想怎么样呢？爸爸本来就不是会严格要求别人的人。她嫁给这个男人，难道不知道他是什么样的人吗？”

“你总是这么分析你的爸妈吗？”

“他们也分析我们，不是吗？”

“那是他们的工作，但丁。”

“别告诉我你不分析你的爸妈。”

“我想我也分析，但这对我一点儿好处也没有，我还没弄明白他们。”

“嗯，我弄明白了我爸爸，还没弄明白我妈妈。我妈妈是世界上最大的谜团。她教育孩子的套路很好猜，但她本人真的难以捉摸。”

“难以捉摸。”我回家得查查这个词。

但丁看着我，好像轮到我说点儿什么了。

“我基本上了解我妈妈。”我说，“我爸爸嘛，他也难以捉摸。”我觉得使用这个词的自己就像个骗子。也许这就是我的问题。我不是个真正的男子汉。我是个骗子。

他递给我一本诗集。“读读这个。”他对我说。我从没读过诗集，甚至不确定自己是否会读诗集。我茫然地看着他。

“诗集。”他说，“它不会要了你的命。”

“万一它要了我的命呢？‘男孩读诗时死于无聊。’”

他强忍笑意，但他显然不善于控制面部神经。他摇了摇头，开始收拾地上的衣服。

他指着一把椅子对我说：“把那上面的东西扔到地上，坐着读。”

我把一堆艺术书和一个素描本放在地上，问：“这是什么？”

“素描本。”

“我能看看吗？”

他摇头说：“我不想给别人看。”

真有意思——他竟然也有秘密。

他指着诗集说：“说真的，它不会要了你的命。”

整整一个下午，但丁都在打扫房间，我则在读诗人威廉·卡洛斯·威廉斯的诗集。我从没听说过这个诗人，其实我从没听说过任何诗人。我能读懂其中一些诗，不是全部，只是一部分。我不讨厌那些诗，这让我大吃一惊。那些诗很有趣，既不蠢也不傻，没有多愁善感，也没有卖弄文采，和我想象中的诗完全不一样。有些诗比较容易懂，有些则难以捉摸。我在想也许我确实知道这个词的意思。

我开始觉得诗就像人一样。有些人你一眼就能看懂，有些人则看不懂，而且永远看不懂。

但丁把房间收拾得整整齐齐，让我刮目相看。我们刚进来时，房间里一片狼藉。但他收拾完以后，一切都井然有序。

但丁的世界自有其秩序。

他把所有书都整理好放在书架和书桌上。“我把要看的书放在书桌上。”他说。一张书桌。一张真正的书桌。我要写点儿什么的时候，只能用餐桌。

他从我手里拿走那本诗集，开始翻找一首诗。那首诗叫作《死亡》。他在新收拾好的房间里看起来如此完美：落日的余晖映照着他的脸庞，他的手里拿着一本书，那本书仿佛注定要在他手中，只能在他手中。我喜欢他读那首诗时的声音，仿佛那首诗是他写的：

他死了
那只狗不必再
卧在土豆上
以免它们冻伤

他死了
这个老浑蛋——

当但丁读到“浑蛋”这个词时，他笑了。我知道他喜欢说这个词，因为他不被允许说这个词，这是个被禁止使用的词。但此刻，在他的房间里，他可以读出这个词，把它变成他的词。

整个下午，我都坐在但丁房间里那把舒适的大椅子上，他则躺在刚整理好的床上，读诗。

我不担心自己不理解这些诗。我不在乎它们的意思。我不在乎，因为重要的是但丁的声音如此真实。我感觉很真实。在遇到但丁之前，和别人待在一起对我来说是世界上最困难的事。可是，但丁让聊天儿、生活和感觉变成了自然而然的事情。在我的世界里，它们原本不是如此自然的。

回家后，我查了查“难以捉摸”这个词。它的意思是事物不容易理解。我在日记里记下了所有同义词：晦涩不明、高深莫测、神秘难解、神秘莫测。

那天下午，我学到了两个新词——“难以捉摸”和“朋友”。

单词一旦在心里扎根，意义就不一样了。

第六章

一天傍晚，但丁来到我家，向我爸妈做了自我介绍。谁会做这种事？

“我叫但丁·昆塔纳。”他说。

“他教我游泳。”我说。不知道为什么，我觉得应该向爸妈说明这一点。接着，我看向妈妈，说：“你说不要淹死，所以我找了个人帮助我兑现承诺。”

爸爸瞥了妈妈一眼。我觉得他俩对视的时候笑了。他们一定在想：嗯，他终于有朋友了。我讨厌他们这样。

但丁和我爸爸握了握手，然后递给他一本书，说：“我给您带了礼物。”

我站在那里看着他。我在他家的咖啡桌上看到过这本书，是一本墨西哥画家的作品集。他看起来很成熟，一点儿也不像个十五岁的孩子。不知怎的，就连他不爱打理的头发似乎也凸显出他的成熟。

爸爸笑着翻看起手里的书，随后说道：“但丁，你实在太慷慨了，但我不知道我能不能收下它。”

爸爸小心翼翼地拿着书，很怕弄坏了它。他和妈妈交换了一下眼神。爸妈经常这么做，他们喜欢无声地交流，我则会根据他们的表情想象他们的对话。

“这本书是讲墨西哥艺术的。”但丁开口道，“所以您必须收下它。”当他在想某个令人信服的说法时，我几乎可以看到他是怎么想的。令人信服的说法真的很有说服力。“我爸妈不希望我空手过来拜访，”他非常严肃地看着我爸爸说，“所以您必须收下它。”

妈妈从爸爸手里拿走那本书，看着封面说道：“这本书很漂亮。谢谢你，但丁。”

“您应该感谢我爸爸。这是他的主意。”

爸爸笑起来。这是爸爸在不到一分钟的时间里第二次露出笑容。这种事可不常见，爸爸并不爱笑。

“替我谢谢你爸爸，可以吗，但丁？”

爸爸拿着书坐下，就像拿着什么宝贝。看，我搞不懂我爸爸。我从来都猜不到他的反应，永远也猜不到。

第七章

“你的房间里什么都没有。”

“有床，有可以定时开关的收音机，还有一把摇椅、一个书柜和一些书。不是什么都没有。”

“墙上什么都没有。”

“我把海报取下来了。”

“为什么？”

“我不喜欢它们。”

“你像个修士。”

“对，修士亚里士多德。”

“你没有什么爱好吗？”

“当然有。我喜欢盯着白墙发呆。”

“也许你会成为牧师。”

“信上帝才能成为牧师。”

“你不信上帝？一点儿也不信？”

“也许信一点儿，但不多。”

“所以你是不可知论者？”

“当然。一个天主教不可知论者。”

我的话逗得但丁哈哈大笑。

“我说这话不是在搞笑。”

“我知道，但就是很好笑。”

“你不觉得怀疑上帝的存在很糟糕？”

“不，我觉得这么做很聪明。”

“我不觉得自己很聪明。不像你，但丁。”

“你很聪明，阿里。非常聪明。而且，聪明不代表一切。人们只会取笑你。不过，我爸爸说被别人取笑没关系。你知道他对我说什么吗？他说：‘但丁，你是知识分子。你就是这样的人。不要为此感到羞耻。’”

我注意到他的笑容中流露出些许悲伤。也许每个人都有点儿悲伤。也许就是这样。

“阿里，我努力不让自己感到羞耻。”

我知道羞耻是种什么感觉。只是但丁知道自己为什么感到羞耻，我不知道。

但丁。我真的很喜欢他。我真的真的很喜欢这个朋友。

第八章

我看着爸爸翻看那本书，显然他很喜欢它。因为这本书，我对爸爸有了新的认识。他在加入海军陆战队之前学过艺术，这似乎与我对爸爸的印象不符，但我喜欢。

一天晚上，他在翻看那本书时把我叫了过去。“看这幅画，”他说，“这是奥罗斯科[1]的壁画。”

我盯着书里的那幅壁画，但对他的手指更感兴趣。他正赞赏地用手指点着那本书。那根手指在战场上扣动过扳机，以我无法完全理解的温柔触碰过我妈妈。我想和他聊天儿，想说点儿什么，想问些问题。但我做不到。所有话都卡在我的喉咙里。于是，我只是点了点头。

我从未想过爸爸是懂艺术的人。他在我眼里只是一个从越南回来后当了邮递员的前海军陆战队队员，一个沉默寡言的参加过海军陆战队的邮递员。

这个参加过海军陆战队的邮递员从战场上回来后又要了个儿子。我不是说他想要个孩子。我一直觉得是妈妈想要个孩子。我并不知道是谁做主要的我。我想得太多。

[1] 墨西哥画家。

我本可以问爸爸很多问题。我本可以。可是，他的表情、眼睛和不自然的笑容里有什么东西让我不敢提问。我猜他并不想让我知道他是谁。于是，我默默收集线索。观察爸爸看那本书是我收集的另一条线索。总有一天，当所有线索拼凑到一起时，我就能解开爸爸身上的谜团。

第九章

一天，游完泳后，我和但丁一起散步。我们在一家 7–11 便利店前停下脚步。他买了一罐可口可乐和一袋花生。

我买了一条“发薪日”牌的花生焦糖巧克力。

他给我喝他的可乐。

“我不喜欢喝可乐。”我说。

“真是奇怪。”

“为什么？”

“人人都爱可乐。”

“我不爱。”

“那你喜欢喝什么？”

“咖啡和茶。”

“真是奇怪。”

“好吧，我就是个怪人。闭嘴吧。”

他大笑起来。我们四处乱逛。我想我们只是不想回家。我们聊了很多，都是些蠢事。他突然问我：“墨西哥人为什么喜欢叫昵称？”

“我不知道。我们喜欢吗？”

“是的。你知道我的姨妈们叫我妈妈什么吗？她们叫她肖莱。”

“她叫索莱达[1]？”

“明白我的意思吧，阿里？你知道的，你知道索莱达的昵称，不用想都知道。为什么要这么做呢？她们为什么不能直接叫她索莱达呢？肖莱是怎么回事？她们从哪儿找来肖莱这个名字的？”

“你为什么这么在乎这件事？”

“我不知道，可能是太奇怪了。”

“这是现在的流行语吗？”

他一边笑一边吃花生：“你妈妈有昵称吗？”

“利利。她叫利利安娜。”

“好听的名字。”

“索莱达也好听。”

“不，不怎么好。谁会喜欢索利图德[2]这个名字呢？”

“因为它也有孤独的意思？”我说道。

“瞧，多么悲伤的一个名字呀。”

“我不觉得它很悲伤。我觉得这是个好听的名字，它和你妈妈很配。”我说。

“也许吧。不过，萨姆和我爸爸是绝配。”

“是的。”

“你爸爸叫什么？”

“海梅。”

“我喜欢这个名字。”

---

[1] 墨西哥裔美国人习惯将索莱达称为肖莱。

[2] 英文原文为 Solitude，和西班牙文中的索莱达（Soledad）一词都有孤独的意思。

“他的真名叫圣地亚哥。”

但丁笑着问道：“知道我说的昵称是什么意思了吧？”

“你是个墨西哥人，你为此感到困扰，是吗？”

“不。”

我看着他。

“是的，我感到困扰。”

我分给他一点儿“发薪日”。

他咬了一口，继续说道：“我不知道。”

“嗯，”我回应道，“你感到很困扰。”

“你知道我的想法吗，阿里？我觉得墨西哥人不喜欢我。”

“这么说可真奇怪。”我说。

“奇怪。”他说道。

“奇怪。”我重复道。

第十章

一天晚上，夜色深沉，看不到月亮，但丁的爸妈要带我们去沙漠里试试但丁的新望远镜。在路上，但丁和他爸爸跟着音乐一起唱披头士乐队的歌，他们唱得并不好，但他们不在乎。

他们很亲密。他们一家人都喜欢亲密接触和亲吻。但丁每次回家后，要么主动亲吻他爸妈的脸颊，要么等着他爸妈吻他，亲吻在他家好像是再正常不过的事。

我不知道如果我走到爸爸面前，在他脸颊上亲一下，他会做何反应。他应该不会冲我咆哮，但是——我不知道。

我们开了好一会儿才到沙漠。昆塔纳先生似乎知道哪里是观星的好地方。

远离城市灯光的地方。

光污染，但丁这么说过。但丁好像很了解什么是光污染。

昆塔纳先生和但丁架好望远镜。

我一边听着收音机，一边看着他们忙碌。

昆塔纳太太递给我一罐可乐。虽然我不喜欢可乐，但还是接了过来。

“但丁说你很聪明。”

昆塔纳太太的称赞让我紧张：“我没但丁聪明。”

这时，但丁开口打断了我们的交谈："我想我们已经聊过这件事了，阿里。"

"什么？"他妈妈问。

"没什么。大多数聪明人都是完美的浑蛋。"

"但丁！"他妈妈提醒道。

"好的，妈妈，我知道，注意用词。"

"你为什么这么喜欢骂人，但丁？"

"很有趣。"他答道。

昆塔纳先生大笑起来。"这的确很有趣。"他说。但他马上又说："当你妈妈不在的时候才有趣。"

昆塔纳太太显然不喜欢昆塔纳先生的话："你在教他些什么，萨姆？"

"索莱达，我想……"

昆塔纳夫妇的对话被正在看望远镜的但丁打断："哇，爸爸！快看！快看！"

很长一段时间里，没有一个人说话。

我们都想知道但丁看见了什么。

我们此刻正在沙漠腹地，静静地站在但丁的望远镜旁，等着看夜空的模样。当我透过望远镜看向夜空时，但丁开始向我解释我看到的景象。然而我一个字也没听进去。当我望向浩瀚的宇宙时，不禁心潮起伏。透过望远镜，我看到的世界比我想象的更近、更大。一切都如此美好，令人心潮澎湃。我不知道该怎么说。我突然意识到，我的内心深处有什么东西很重要。

当但丁看着我用望远镜探索天空时，他低声说："总有一天，我会发现宇宙所有的秘密。”

我莞尔一笑：“发现所有的秘密后你要做什么，但丁？”

“到时候我就知道了。”他说，“也许会改变世界。”

我相信他。

但丁·昆塔纳是我所认识的唯一一个会说出这种话的人。我知道他长大后不会说出“女孩就像一棵树”这样的蠢话。

那天晚上，我俩睡在他家的后院。

因为窗户开着，我们能听到他爸妈在厨房说话的声音。他妈妈说西班牙语，他爸爸说英语。

“他们经常这么说话。”他说。

“我爸妈也一样。”我说。

我们没怎么说话，只是静静地躺着，仰望星空。

“光污染太严重了。”他感叹。

“光污染太严重了。”我回应道。

第十一章

关于但丁的一个重要事实：他不喜欢穿鞋。

我们去公园玩滑板时，他会脱掉网球鞋，把脚放在草地上蹭一蹭，就像要蹭掉什么脏东西一样。我们去看电影时，他也会脱掉网球鞋。有一次，他把鞋落在电影院里，我们不得不回去取鞋。

结果，我们错过了公交车。但丁在公交车上也会脱鞋。

有一次，我和他一起做弥撒。他解开鞋带，直接在长凳上脱了鞋。我看了他一眼。他翻了个白眼，指着十字架低声说：“耶稣没穿鞋。”

我俩忍不住大笑起来。

但丁来我家时，进屋前会把鞋子放在门廊上。“日本人就这么做。”他解释道，“他们不会把外面的脏东西带进别人家里。”

“嗯。”我回应道，“但我们不是日本人，我们是墨西哥人。”

“我们不是真正的墨西哥人。我们住在墨西哥吗？”

“可是我们的祖父母从那里来。”

“好吧，好吧。但是，我们真的了解墨西哥吗？”

“我们说西班牙语。”

“说得不好。”

“那是你自己，但丁。你就是个波乔[1]。”

“波乔是什么？”

“不合格的墨西哥人。”

“好吧，我也许是个波乔。但我想说的是，我们可以接受其他文化。”

我开始哈哈大笑，我也不知道为什么。我开始喜欢但丁和鞋子之间的战争。有一天，我忍不住问他：“你怎么会跟鞋子过不去？”

“我不喜欢它们，就这么简单，就是这样。没有什么大秘密。我生来就不喜欢它们。这件事一点儿也不复杂，只不过跟我妈妈有点儿关系。她让我穿鞋，说这是规矩。她跟我说不穿鞋可能会得病，还说如果不穿鞋，大家会觉得我是个穷墨西哥人。她说在墨西哥的村子里，有男孩愿意为一双鞋去死。‘你买得起鞋，但丁。’她就是这么说的。你知道我经常对她说什么吗？‘不，我买不起鞋。我有工作吗？没有。我买不起任何东西。’我的话常常让她抓狂。她讨厌别人误以为我是个穷墨西哥人。她会说：‘墨西哥人不一定就是穷人！’而我只想对她说：‘妈妈，这和是不是穷人没关系，也和是不是墨西哥人没关系。我只是不喜欢鞋子。’但我知道她对鞋子的在意和她的成长经历有很大关系。所以，当她重复说‘但丁，我们买得起鞋’时，我只是点头。我知道这件事与‘买得起’无关，可她总是那样看着我，于是，我也回以同样的眼神。就这样。听着，我和我妈妈以及鞋子不是什么让人开心的话题。”他凝视着午后炎热的天空。这是他的一个习惯，意味着他在

[1] 原文为 pocho，指美国化的墨西哥人。

思考。“穿鞋不是一种自然行为，这是我的基本认知。”

“你的基本认知？”他有时候说话像个科学家或哲学家。

“你知道的，就是基本原则。”

“基本原则？”

“你看我的眼神就像在看疯子。”

“你就是疯子，但丁。”

“我不是。”他抗议道。然后，他重复道：“我不是。”他看上去有点儿生气。

“好吧。”我说，“你不是。你不是疯子，你也不是日本人。”

他一边说话，一边伸手解开我的网球鞋带：“把鞋脱了，阿里，放松一下。”

我们走到街上，玩了一个但丁现编的游戏：看谁把网球鞋扔得更远。但丁精心设计了这个游戏：游戏一共三个回合，我们要扔六次鞋。我俩各拿一支粉笔，分别标记鞋子落地的地方。他向他爸爸借了一个九米长的卷尺，但这并不意味着我们扔不过九米。

“我们为什么要量扔了多远呢？”我问，“我们不能就把鞋扔出去，然后在地上做标记吗？谁的粉笔标记更远谁就赢了。这多简单。”

“我们得知道确切的距离。”他说。

“为什么？”

“因为当你做某件事的时候，你必须清楚地知道你在做什么。”

“没人清楚地知道自己在做什么。”我回应道。

“那是因为大家都很懒散，不讲规矩。”

“有没有人说过，有时候你说话时就像个会说一口流利的英语的疯子？”

“这都怪我爸爸。”他说。

“你是说疯子还是说流利的英语？”我摇了摇头说，“这只是个游戏，但丁。”

“那又怎样呢？阿里，我们玩游戏的时候必须知道自己在做什么。”

“我知道我们在做什么，但丁。我们编了个游戏。我们把网球鞋扔到街上，看谁扔得更远。我们就在做这件事。”

“就像扔标枪一样，对吗？”

“对，我想差不多。”

“扔标枪的时候会测量距离，不是吗？”

“是的，可那是一项真正的运动，但丁。我们这个不是。”

“这也是一项真正的运动。我是真的，你是真的。网球鞋是真的，街道也是真的。我们制定的规则也是真的。你还想要怎么真？”

“但你把事情搞得太复杂了。每次扔完鞋之后，我们都要测量距离。这还有什么乐趣？乐趣在于扔鞋子。”

“不，”但丁说，“乐趣在于游戏本身。乐趣无处不在。”

“我不明白。”我说，“扔鞋子很有趣，这点我明白。可是，拿出你爸爸的卷尺，把它滚到街对面，这就像一项工作，有什么乐趣可言？而且，如果有辆车开过来怎么办？”

“那我们就让开。而且，我们可以去公园里玩这个游戏。”

“在街上玩更有趣。”我说。

“嗯，在街上玩更有趣。”我们在这点上达成一致。

但丁看向我。

我回头看向他。我知道我说不过他。我知道我们要按照规矩来玩这个游戏。不过，这对但丁来说也许很重要，对我来说却无关紧要。于是我们开始玩游戏，用上游戏道具：我俩的网球鞋、两支粉笔和他爸爸的卷尺。我们一边玩一边修改游戏规则——规则不断变化。最后，我们玩了三盘，就像打网球一样。每人每盘扔三次鞋，我们总共扔 18 次。但丁赢了两盘，但我扔出了最远的距离：14.41 米。

但丁的爸爸走出来，摇了摇头，问："你们在干什么？"

"我们在玩游戏。"

"我跟你说过什么，但丁？怎么在街上玩？那儿就有个公园，"说着他指了指公园的方向，"而且——"他停下来，仔细打量眼前的情景，"你们在扔网球鞋？"

但丁并不怕他爸爸，他爸爸也并不可怕。只是爸爸就是爸爸。他站在那里，对我们提出质疑。但丁一点儿也没退缩，他相信自己可以捍卫自己的权利："我们没有乱扔网球鞋，爸爸。我们在玩游戏，普通人版本的扔标枪竞赛，看谁能把鞋扔得更远。"

他爸爸笑起来。我是说他大笑起来。"你是整个宇宙中唯一能想出以游戏为借口，把自己的网球鞋弄坏的孩子。"说完他又大笑起来，"你妈妈一定会喜欢这个游戏。"

"我们不用告诉她。"

"不，我们要告诉她。"

"为什么？"

"因为'没有秘密'这一规定。"

“我们在大街上玩游戏，这算什么秘密？”

“如果我们不告诉她，这就是秘密，”他朝但丁咧嘴笑道，没有生气，就是一个爸爸的正常表现。“去公园里玩吧，但丁。”他说。

我们在公园里找到了玩游戏的好地方。当但丁使出全身力气扔网球鞋的时候，我仔细打量着他的脸。他爸爸说得对。但丁就是以游戏为借口，想趁机把他的网球鞋弄坏。

第十二章

一天下午，我们游完泳后待在他家的门廊闲聊。

但丁盯着自己的脚看，我不禁笑起来。

他想知道我笑什么。“我就是想笑，”我说，“不能想笑就笑吗？”

“你没说实话。”他说。他很在乎说实话。他和我爸爸一样坏，只不过我爸爸只对自己说实话。但丁认为必须把实话说出来，大声说出来，说给别人听。

我和但丁不一样。我更像我爸爸。

“好吧，”我说，“我笑你看自己的脚。”

“这的确很好笑。”他说。

“这很奇怪。”我说，“谁会盯着自己的脚看？除了你还有别人吗？”

“研究自己的身体并不是什么坏事。”他回应道。

“把这件事说出来也很奇怪。”我说。在我家，我们不会谈论自己的身体，我们在家不会这么做。

“随便。”他说。

“随便。”我应道。

“你喜欢狗吗，阿里？”

“我喜欢狗。”

“我也是。它们不用穿鞋。”

我大笑。我开始想，我在这个世界上的工作之一就是为但丁的笑话大笑。不过，但丁说话并不是为了搞笑。他只是在做自己。

“我要问我爸爸能不能给我弄只狗。”他说这话时显得很激动。我想知道他为什么那么激动。

“你想养哪种狗？”

“我不知道，阿里。收容所里的那种狗，你知道的，就是被人抛弃的那种狗。”

“哦。”我说，“可是你怎么知道该选哪只呢？收容所里有很多狗，它们都等着被拯救。”

“这都怪人类太卑鄙。他们把狗当垃圾一样扔掉。我讨厌这样的行为。”

我们正坐着聊天儿，突然听到一个声音，一群男孩在街对面大喊大叫。一共三个男孩，看上去比我们小一点儿。其中两个男孩手里拿着仿真子弹枪，正指着他们刚射中的一只鸟：“我们射中一只！我们射中一只！”另一个男孩正用枪指着一棵树。

“嘿！”但丁大喊，“住手！”在我意识到发生了什么之前，他已经走到了马路中央。我赶紧追上去。

“住手！你们究竟有什么毛病！”但丁伸手示意他们住手，“把枪给我。”

“我才不会把枪给你。”

“你这么做是违法的。”但丁说。他看上去很生气，真的很生气。

“《第二修正案》。”一个男孩说。

“没错，《第二修正案》。”另一个男孩附和道。他握紧手中的枪。

“《第二修正案》不适用于仿真子弹枪，你们这些浑蛋。总而言之，城市里不允许带枪。”

“你要做什么，浑蛋？”

“我要阻止你们。”他说。

“怎么阻止？”

“把你们这些像柴火棍一样的浑蛋踢到墨西哥边境去。”我说。我只是害怕这些家伙会伤害但丁。我只是说了我觉得应该说的话。他们块头不大，也不聪明，就是些又坏又笨的孩子。我知道又坏又笨的男孩会做什么。但丁也许还没坏到会打架的程度。但我会。我从来没有因为打了一个该打的人而感到内疚。

我们站在那里一动不动，打量着对方。我知道但丁不知道接下来要做什么。

其中一个男孩好像要把枪对准我。

“如果我是你，我不会这么做，你这个小浑蛋。”说完我伸手夺走了他的枪。事情发生得很突然，他没有预料到我会这么做。关于打架，我学会了一点：动作迅速，出其不意。这一招总能奏效，这是打架的第一法则。我手里拿着他的枪，说：“我没把这个塞进你屁股里算你走运。”

我把枪扔在地上。我甚至不用开口叫他们滚开，他们就自动骂着脏话走了。

我和但丁看着彼此。

“我不知道你喜欢打架。”但丁说。

“我不是真的喜欢，真的不是。”我说。

“不，”但丁说，“你喜欢打架。”

“也许吧。”我说，“我可不知道你是个和平主义者。”

“我也许不是和平主义者，只是觉得需要个好理由才能杀鸟。”他打量着我的脸。我不确定他想从我脸上看出什么。“你也很会说脏话。”他说。

“好吧，但丁，我们不要告诉你妈妈。”

“我们也不要告诉你妈妈。”

我看着他说：“我知道妈妈们为什么那么严厉。”

但丁几乎是笑着对我说：“因为她们爱我们，阿里。”

“这只是一部分原因，还因为她们希望我们永远都是小男孩。”

“是呀，我想那会让我妈妈开心，如果我永远是个小男孩。”说完但丁低头看向那只死去的鸟。几分钟前，他还很生气。而现在，他看起来要哭了。

“我从没见过你那么生气。”我说。

“我也从没见过你那么生气。”

我们都知道我们因为不同的原因而生气。

有那么一会儿，我们只是站在那里看着那只死去的鸟。“这只是一只小麻雀。”他说。然后，他哭了起来。

我不知道该做什么，只能站在那里看着他。

我们走回街对面，重新坐在他家的门廊上。他怒气冲冲地用力把网球鞋扔到街对面。接着，他擦去脸上的泪水。

“你害怕吗？”他问。

“不。”

“我害怕。”

“所以呢？”

我们又安静下来。我讨厌安静。最后，我问了个愚蠢的问题：

“鸟类究竟为什么会存在？”

他看着我说：“你不知道？”

“我想我不知道。”

“鸟类存在是为了教会我们有关天空的知识。”

“你相信这种说法？”

“是的。”

我想对他说别再哭了，也想对他说那些男孩对那只鸟做了什么并不重要。但我知道这的确很重要。这对但丁很重要。而且，叫他不要哭没什么好处，因为他需要哭。他就是这样的人。

他终于停止哭泣。他深吸一口气，看着我说：“你能帮我埋了那只鸟吗？”

“当然。”

我们从他爸爸的车库里找出一把铁铲，走到公园的草地上，那只死去的鸟就躺在那里。我用铁铲铲起那只鸟，带着它穿过马路，来到但丁家的后院。我在一棵大夹竹桃树下挖了个洞。

我们把鸟放进洞里埋了。

我们全程没说一句话。

但丁又哭了。我觉得自己很残忍，因为我不想哭。我对这只鸟没什么感觉。这只是一只鸟。也许这只鸟不应该被某个以射击为乐的蠢孩子射杀。但它只是一只鸟。

我比但丁冷酷。我曾试图在他面前藏起这种冷酷，因为我想让他喜欢我。但现在他知道了我很冷酷。也许这也没什么。他也许会喜欢我的冷酷，就像我喜欢他的不冷酷一样。

我们都盯着鸟的坟墓。“谢谢你。”他说。

“没什么。”我回应道。

我知道他想一个人待着。

“嘿，”我轻声说，“明天见。”

“我们还去游泳。”他说。

“好的，我们还去游泳。”

一串泪珠顺着他的脸颊流下来，就像余晖映照下的一条河。

我想知道，做一个为一只鸟的死亡而哭泣的人感觉如何。

我挥手跟他告别。他也朝我挥了挥手。

在回家的路上，我思考着鸟类及其存在的意义。但丁已经找到答案，我还没有。我不知道鸟类为什么会存在，我甚至从没问过自己这个问题。

但丁的回答对我来说很有意义。如果我们研究鸟类，也许可以学会自由生活。我想他就是这个意思。我和哲学家同名。我的答案是什么呢？我为什么没有答案？

为什么有的人会哭泣，有的人却一滴眼泪也没有？不同的男孩有不同的生活法则。

到家后，我在门廊坐下。

我看着太阳慢慢落下。

我感觉很孤独，但这种感觉并不糟糕。我真的很喜欢独处。也许我过于喜欢了。也许爸爸也是这样。

我想到了但丁，我想了解他。

在我眼中，但丁的脸就是一幅世界地图。那是一个没有黑暗的世界。

哇，没有黑暗的世界，那得有多美好？

麻雀从天而降

小时候，

我经常一觉醒来就觉得世界末日到了。

第一章

我们埋葬麻雀后的第二天早晨，我醒来时觉得浑身烧得厉害。

我肌肉酸痛，喉咙肿痛，脑袋也一阵阵抽痛，仿佛心跳一般。我一直盯着自己的手，感觉它们好像不属于我。我试着站起来，但失去了平衡能力，无法站稳。整个房间不停地旋转。我试着迈步，但我的腿软得无法承受身体的重量。我倒回床上，我的收音机掉到了地上。

妈妈出现在我的房间里，但不知为何她看起来有点儿不真实。“妈妈，妈妈，是你吗？”我觉得自己在大喊大叫。

她的眼神充满疑惑。“是的。”她答道。她看起来很严肃。

“我摔倒了。”我说。

她说了些什么，但我听不明白。一切都变得很奇怪。我想我可能在做梦，但她的手放在我手臂上的感觉却又像真的一样。“你发烧了。”她说。

我感觉她把手放到了我的脸上。

我想知道我在哪儿，于是问：“我们在哪儿？”

她搂着我说：“嘘。”

世界一片寂静。我和这个世界之间竖起一道屏障。我一度以为是世界从来都不想要我，现在它正在趁机摆脱我。

我抬眼看见妈妈站在我身前，手里拿着两片阿司匹林和一杯水。

我坐起来，伸手拿过药片，放进嘴里。我接过水杯的时候，发现自己的手在颤抖。

她把体温计放在我的舌头下面。

她看了看手表，然后把体温计从我嘴里取出去。

“40 摄氏度，”她说，“我们得让他退烧。”她摇了摇头，继续说：“都是因为泳池里的细菌。”

一瞬间，我与世界的距离似乎近了一点儿。“只是感冒。”我低声说，可是听起来好像别人在说话。

“我觉得你得了流感。”

可现在是夏天。话就在嘴边，但我说不出来。我不停地颤抖。她给我盖了一层毯子。

周围的一切都在旋转，可当我闭上眼睛之后，房间便一动不动，陷入黑暗。

接着我做起梦来。

鸟儿从天上掉下来。麻雀，成千上万的麻雀。它们像雨一样落下来，打在我身上，血溅得我满身都是，我找不到可以保护自己的地方。它们的嘴像利箭一样刺破我的皮肤。巴迪·霍利的飞机从天上掉下来，我听见韦伦·詹宁斯在唱《拉班巴》。我还听见但丁在哭泣，当我转身寻找他时，发现他正抱着里奇·瓦伦斯柔软的尸体。这时，飞机掉下来砸在我们身上，我只能看到大片阴影和着火的大地。

接着，天空突然消失不见了。

我一定发出了尖叫，因为我爸妈当时就在房间里。我浑身颤抖，穿的衣服和盖的毯子都被汗水浸湿了。我后知后觉地发现自己在哭泣，而且无法停下来。

爸爸把我抱起来，坐在椅子上不停地摇晃。我觉得自己既渺小又脆弱。我想抱住他，可是我做不到，因为我的手臂没有一点儿力气。我想问他在我小时候他有没有这样抱过我，因为我想不起来了，我也不知道我为什么想不起来。我开始想，也许我还在梦里，可是妈妈在给我换床单，所以我知道这一切都是真的。除了我自己。

我想我在喃喃自语。爸爸把我抱得更紧了。他轻声说着什么。但无论是他的怀抱还是低语都无法阻止我颤抖。妈妈用毛巾擦干我汗湿的身体，她和爸爸给我换上干净的T恤和内衣裤。这时我说了一句很奇怪的话："别把我的T恤扔了，这是爸爸给我的。"我知道自己在哭，但不知道我为什么哭，因为我不是那种喜欢哭的人，我想也许是别人在哭。

我听见爸爸低声说："嘘，没事。"他把我放回床上，妈妈坐在床边，又给我喂了一些药片和水。

我看见爸爸脸上的表情，我知道他很担心。我很难过，因为我让他担心了。我想知道他是不是真的抱过我。我想告诉他，我并不讨厌他，只是不了解他，不了解他是谁，而我非常想了解他。妈妈用西班牙语对爸爸说了些什么，爸爸点了点头。我太累了，没力气弄清楚他们说了什么，无论他们用的什么语言。

世界如此安静。

我睡着了，梦又来了。外面正下着雨，四周电闪雷鸣。我看见自己在雨中奔跑。我在找但丁，我大声呼喊，因为他不见了："但丁！回来！回来！"突然，我不再寻找但丁，我开始找爸爸，我大声呼喊："爸爸！爸爸！你上哪儿去了？你上哪儿去了？"

我再次醒来，再次浸泡在自己的汗水里。

爸爸坐在摇椅上看着我。

妈妈走进房间，先看了眼爸爸，然后看向我。

"我不是故意要吓你们的。"我的声音低得不能再低。

妈妈笑起来，我想她小时候一定很漂亮。她扶我坐起来："宝贝，你湿透了，去好好洗个澡？"

"我做噩梦了。"我把头靠在她肩膀上。我希望我们一家三口能永远这样。

爸爸帮我洗澡。我觉得很虚弱，全身无力。当热水淋到我身上时，我想起了我的梦：但丁，还有爸爸。我想知道爸爸像我这么大的时候是什么模样。妈妈告诉过我，他以前很帅。我想知道他是不是像但丁那么帅气。我想知道我为什么会这么想。

当我回到床上时，妈妈已经换好了床单。"你的烧退了。"她说。她又递给我一杯水。我不想喝，但还是喝光了。我不知道自己这么渴，又向她要了更多水。

爸爸仍旧坐在摇椅上。我躺在床上。我们对视。

"你在找我。"他说。

我看着他。

"在你的梦里。你在找我。"

"我一直在找你。"我轻声说。

第二章

第二天一早，我醒来的时候以为自己已经死了。我知道这不可能，但还是会这么想。也许当人生病的时候，有一部分自己会死掉。我不知道。

妈妈帮我摆脱病魔的方法就是让我喝很多水，一次一大杯，十分痛苦。

我终于开始抗议，拒绝再喝水："我的膀胱已经变成了水球，快要爆炸了。"

"这很好。"她说，"你正在冲洗你的五脏六腑。"

"我已经冲洗完了。"我说。

水不是我唯一要解决的麻烦。我还要对付她的鸡汤，她的鸡汤是我的敌人。

第一碗很美味。我从没这么饿过。从来没有。她给我的几乎都是肉汤。

第二天中午，又是汤。这也还可以接受，因为汤里有鸡肉、蔬菜，还配有热乎乎的玉米饼，以及汤饭。可是到了下午，汤又变成了下午茶。晚饭还是汤。

我喝腻了水和鸡汤。我受不了继续生病。在床上躺了四天后，我终于决定向前迈出一步。

我对妈妈宣布："我好了。"

"你没好。"妈妈回应道。

"我就像个人质。"这是爸爸下班回家后我对他说的第一句话。

他冲我咧嘴一笑。

"我好了，爸爸。我真的好了。"

"你看起来还有点儿苍白。"

"我需要阳光。"

"再休息一天。"他说，"然后你就可以出去玩，想怎么胡闹都行。"

"好吧，"我说，"但别再给我喝鸡汤了。"

"这是你和你妈妈之间的事。"

他正准备离开我的房间，但他犹豫了一下，背对着我说："你还做噩梦吗？"

"我一直做噩梦。"我答道。

"不生病的时候也做？"

"是的。"

他站在门口，转过身来面朝我说道："你总是迷路吗？"

"嗯，我在梦里经常迷路。"

"你总是在找我吗？"

"我想我主要是在寻找我自己，爸爸。"和他谈论我真实的感受很奇怪，也让我惶恐不安。我想继续说下去，可是又不知道该如何表达内心的想法。我低头看向地板，然后抬头看向他，耸了耸肩，仿佛没什么大不了。

"对不起。"他说，"对不起，我走得太远了。"

“没关系。”我说。

“不。”他回应道，“不，有关系。”我以为他要说些什么，可是他改变了主意，径直转身走出了我的房间。

我又低头盯着地板。突然，我听见房间里再次响起爸爸的声音：“我也做噩梦，阿里。”

我想问他是不是梦到战争或我哥哥。我想问他醒来时是不是像我一样害怕。

但我只是朝他笑了笑。他已经告诉了我一些关于他自己的事情。

我很开心。

第三章

我被允许看电视，却发现了一个关于自己的事实：我不太喜欢看电视。我一点儿也不喜欢看电视。我关掉电视，看见妈妈坐在厨房的桌子旁，正在翻看她以前的教学计划。

“妈妈。”

她抬头看向我。我努力想象妈妈站在学生面前的样子。我想知道那些学生是怎么想她的，又是怎么看她的。我还想知道他们喜不喜欢她。他们讨厌她吗？尊重她吗？我想知道他们知不知道她当了妈妈。我想知道这对他们是否重要。

“你在想什么？”

“你喜欢教书吗？”

“是的。”她答道。

“哪怕你的学生不在乎学习？”

“我告诉你一个秘密。我的学生在不在乎学习与我无关。在乎学习的得是他们，不是我。”

“那你怎么能教好书呢？”

“不管怎样，阿里，我的工作就是教书。”

“哪怕他们不在乎学习？”

“哪怕他们不在乎学习。”

“不管怎样？”

“不管怎样。”

“即使你教的孩子像我一样觉得生活很无聊？”

“十五岁的孩子都这么想。”

“只是人生必须经历的一个阶段。”我说。

“只是人生必须经历的一个阶段。”她笑道。

“你喜欢十五岁的孩子吗？”

“你是在问我喜不喜欢你，还是在问我喜不喜欢我的学生？”

“我想，两者都有。”

“我喜欢你，阿里，你知道的。”

“嗯，可是你也喜欢你的学生。”

“你忌妒？”

“我能出去吗？”我可以像她一样巧妙地回避问题。

“你明天可以出去。”

“我觉得你是独裁者。”

“这个指控很严重，阿里。”

“多亏了你，我才能了解各种不同的统治形式。墨索里尼是独裁者，佛朗哥是独裁者，爸爸说里根也是独裁者。”

“别把你爸爸的玩笑话当真，阿里。他只是觉得里根总统太强硬了。”

“我知道他在说什么，妈妈，就像你知道我正在说什么。”

“很高兴知道你认为你的妈妈不仅是一种统治形式。”

“你有点儿像某种统治形式。”我说。

“我明白你在说什么，阿里。但你还是不能出去。”

有时候，我真希望自己能反抗妈妈的规矩。

“我只想离开这里。我无聊死了。”

她站起来，把手放在我脸上。“我的宝贝儿子，”她说，“我很抱歉让你觉得我对你太严厉了，但我有我的理由，等你长大了——”

“你总是这么说。我已经十五岁了，得多大才行？妈妈，我得长到多大你才觉得我能懂？我不是小孩子了。”

她牵起我的手吻了一下。“你是我的一切。”她低声说。眼泪顺着她的脸颊流下来。有些事我不明白。先是但丁，再是我自己，现在是我的妈妈。到处都是眼泪。也许流泪也能传染，就像流感一样。

“没关系，妈妈。”我轻声说。我冲她笑了笑。我希望她能告诉我她为什么流眼泪，但我必须得靠自己的力量弄清楚。“你还好吗？”我问。

“嗯，我还好。”她答道。

“我觉得你不太好。”

“我努力不让自己担心你。”

“你为什么要担心？我只是得了流感。”

“我指的不是这个。”

“什么？”

“你想出去做什么？”

“就那些事。”

“你一个朋友都没有。”她用手捂住嘴，然后又把手放下来。

我真想因为她的指控而憎恨她：“我不想要朋友。”

她像看陌生人一样看着我。

“你不让我出门，我怎么会有朋友？”

我模仿着她的表情。

“我有朋友，妈妈。我在学校有朋友，还有但丁。他是我的朋友。”

“嗯，但丁。”她说。

“嗯，但丁。”我重复。

“很高兴有但丁。”她说。

我点点头。“我很好，妈妈。我只是不是那种人——”我不知道自己要说什么，“我只是有点儿不一样。”我甚至不知道自己这么说是什么意思。

“你知道我在想什么吗？”

我不想知道她在想什么。我不想。但我还是要听一听。“当然。”我说。

她忽略了我的态度。

“我希望你知道大家有多爱你。”

“我知道。”

她还想说点儿什么，但又改了主意：“阿里，我只希望你开心。”

我想告诉她我很难开心起来，但我想她已经知道这一点了。于是，我说：“我正处于应该过得很痛苦的阶段。”

我的话惹得她哈哈大笑。

我们都很好。

“可以让但丁到家里来吗？”

第四章

电话铃响第二遍的时候，但丁接起电话。“你没去泳池。”他的声音听起来有点儿生气。

“我一直躺在床上。我得了流感，基本上一直在睡觉，做了很多噩梦，不停地喝鸡汤。”

“发烧？”

“是的。”

“骨头酸痛？”

“是的。”

“晚上出汗？”

“是的。”

“太糟了。”他说，“你梦见了什么？”

“我不能说。”

他似乎没有不满。

十五分钟后，他出现在我家门口。我听到门铃声，还听见他在和我妈妈说话。但丁从来不怕与人交流，他很可能在跟我妈妈讲他的人生故事。

我听见他光着脚走过客厅。接着，他就出现在我的房间门口。他上身穿着一件旧得几乎透明的T恤，下身是一条破洞牛仔裤。

“嘿。”他和我打招呼，手里拿着一本诗集、一本素描本和几支炭笔。

“你忘记穿鞋了。”我说。

“我把它们捐给了穷人。”

“我猜下次你要捐牛仔裤。”

“没错。”我们都大笑起来。

他打量着我说：“你看起来有点儿苍白。”

“我看起来还是比你更像墨西哥人。”

“每个人看起来都比我更像墨西哥人，我的基因有所改良。”他的语气不善。是墨西哥人这件事让他很苦恼。

“好吧，好吧。”我说。“好吧，好吧”就意味着是时候换个话题了。“你带了素描本来？”

“是的。”

“你要给我看你的画吗？”

“不，我要画你。”

“如果我不想被人画呢？”

“我不练习，怎么能成为艺术家呢？”

“给艺术家当模特不是应该有报酬吗？”

“只有长得好看的才有。”

“所以，我长得不好看？”

但丁笑道：“别胡扯。”他好像有点儿不好意思，但其实我比他更不好意思。

我能感觉到自己脸红了，即使是像我这样深色皮肤的人也会脸红。“这么说你真的要当艺术家？”我问。

“当然。”他直视着我的眼睛，回答道，“你不相信我？”

“我要看证据。”

他坐在我的摇椅上，看着我说：“你看起来还是病恹恹的。”

“谢谢。”

“也许是因为那些噩梦。”

“也许。”我不想聊我做的那些梦。

“小时候，我经常一觉醒来就觉得世界末日到了。我会起床照镜子，眼睛里充满悲伤。”

“你是说像我一样。”

“是的。”

“我的眼睛里总是充满悲伤。”

“世界没有灭亡，阿里。”

“别胡扯。世界当然没有灭亡。”

“那就别悲伤。”

“悲伤，悲伤，悲伤。”我说。

“悲伤，悲伤，悲伤。”他重复。

我们都在笑，努力憋住不笑出声来，但我们就是做不到。我很高兴他能来。生病让我感觉很脆弱，就像要崩溃了一样。我不喜欢这种感觉。笑让我感觉好多了。

“我想画你。”

“我能说不吗？”

“是你说你要看证据的。”

他把带来的诗集扔给我，说：“读诗吧。你读，我画。”接下来，他变得非常安静。他的眼睛开始打量房间里的每一件东西：

我，床，毯子，枕头，灯。我感到紧张、尴尬、难为情和不舒服。但丁在看我，我不知道自己是喜欢还是不喜欢。我只知道我觉得自己好像在他面前赤身裸体一样。不过，但丁埋头在素描本上涂涂画画，又让我觉得自己好像是隐形的。这让我很放松。

“把我画得好看一点儿。”我说。

“读诗，”他说，“只管读你的诗。”

没过多久我就忘了但丁在画我。我只是读诗。我读哇读哇读哇。有时，我会瞥他一眼，他一直在埋头作画。我把注意力转回到诗集上。我读到一句诗，想要理解它的意思：“从我们无法拥有的诞生了星辰[1]。”这么说很动听，但我不知道这是什么意思。我思考着这句诗的意思睡着了。

我醒来时，但丁已经走了。

他没有留下给我画的素描，只留下了一张我的摇椅的素描。画得很好。靠在我的空无一物的墙上的摇椅。他捕捉到了午后洒进房间的光线、落在椅子上的阴影，赋予其深度，让它看起来不像一个没有生命的物体。这张素描看起来有种悲伤和孤独的感觉，我想知道这是他眼中的世界，还是他眼中的我的世界。

我盯着这张素描看了很久。它让我感到害怕，因为里面藏着某些真实的东西。

我想知道他在哪儿学的画画。我突然忌妒起他来。他会游泳，会画画，还知道怎么跟人交流。他读诗，也喜欢自己。我想知道真正地喜欢自己是种什么感觉。我想知道为什么有的人不喜欢自

---

[1] 美国诗人 W.S. 默温的诗歌《青春》中的一句。

己，有的人喜欢自己。也许生活本就如此。

我看看他的画，又看看我的摇椅。这时，我才发现他留在摇椅上的纸条。

阿里：

我希望你喜欢摇椅的素描。我在泳池的时候很想你。救生员都是浑蛋。

但丁

晚饭过后，我给他打电话。

“你为什么要走？”

“你需要休息。”

“对不起，我睡着了。”

我们俩都没有说话。

“我喜欢那张素描。”我说。

“为什么？”

“因为它很像我的摇椅。”

“这是唯一的原因？”

“它藏着一些东西。”我说。

“什么？”

“情绪。”

“说说看。”但丁说。

“悲伤。悲伤和孤独。”

“就像你。”他说。

我讨厌他能看穿我。“我一点儿也不悲伤。”我抗议。

“我知道。”他说。

“你会给我看其他的画吗？”

“不会。”

“为什么？”

“不能。”

“为什么不能？”

“和你不能告诉我你的梦的原因一样。”

第五章

流感似乎不想放过我。

那天晚上，我又开始做噩梦。我梦见了哥哥。他在河的另一边。他在华雷斯[1]，我在埃尔帕索，我们可以看见对方。我喊道：“贝尔纳多，过来！”他摇了摇头。我以为他没听明白我在说什么，于是又用西班牙语冲他吼道：“过来，贝尔纳多！”我觉得只要我用正确的语句或正确的语言说出来，他就会到河对岸来，就会回家。只要我用正确的语句说出来就行。只要我用正确的语言说出来就行。这时，爸爸突然出现了。他和哥哥对视，我无法忍受他们脸上的表情，那表情和世界上所有儿子和父亲受到伤害时的表情一样。而且那伤害是如此之深，深到让他们流不出眼泪，只能露出干巴巴的表情。梦境突然转变，哥哥和爸爸都不见了。我站在爸爸站过的地方，而华雷斯那边站着但丁。他光着上身，没有穿鞋，我想游过去，但动不了。他用英语对我说了些什么，可我听不懂。我用西班牙语对他说了些什么，他也听不懂。

我好孤独。

突然，所有光都消失不见了，但丁也消失在黑暗中。

---

[1] 墨西哥北部边境城市。

醒来后，我感觉很迷茫。

我不知道自己在哪里。

我又发起烧来。我想也许一切都变得不一样了。我知道我只是在发烧。我又睡着了。麻雀从天上掉下来，是我杀了它们。

第六章

但丁来看我。我知道我是个无趣的人。他也知道。但这似乎并不重要。

“你想聊天儿吗？”

“不想。”我答道。

“你想让我走吗？”

“不想。”我答道。

他给我读诗。我想着麻雀从天上掉下来的梦。我听着但丁的声音，心里想的却是我哥哥的声音会是什么样子。我想知道他有没有读过诗。我满脑子都是掉落的麻雀，哥哥的灵魂和但丁的声音。

但丁读完一首诗，准备接着读另一首。

“你不怕也得流感吗？”我问道。

“不怕。”

“你不怕？”

“不怕。”

“你不怕任何东西。”

“我害怕很多东西，阿里。”

我本可以问什么？你怕什么？但我想他不会告诉我答案。

第七章

我的烧退了。

但我的梦还在继续。

梦里有我的爸爸，我的哥哥，还有但丁。他们都出现在我的梦里。有时候还有我的妈妈。我的脑海中不时浮现出一幅画面：四岁的我牵着哥哥的手走在大街上。我不知道这是一段回忆，是一场梦，还是一种希望。

我躺在床上，心事重重。我人生中的所有普通问题和未解之谜都只对我自己很重要，思考这些事情并不能让我感觉更好受一些。我觉得我在奥斯汀高中的第三年一定会很糟糕。但丁之所以去教会学校是因为那里有游泳队。爸妈也想过送我去教会学校，但我拒绝了。我不想去天主教男校。我固执地认为那里的男孩都是有钱人家的孩子。妈妈说那些学校会给聪明的孩子提供奖学金，我反驳说我不够聪明，拿不到奖学金。妈妈又说有能力送我去那里上学。“我讨厌那些男孩！”我恳求爸爸不要送我去那里。

我从没对但丁说过我讨厌教会学校里的男孩们。他没必要知道。

我想到妈妈的话：“你一个朋友都没有。”

我想到我的摇椅，不知道它会不会就是我的化身。

我是一把摇椅。我感到前所未有的悲伤。

我知道自己已经不是小孩子了，但还是会觉得自己像个小孩子。不过，我心里开始滋生出另外一些感觉。我想就是那种男人会有的感觉。男人的孤独比男孩的更加强烈。我不想再被当成小男孩对待，我不想活在爸妈的世界里，但我还没找到属于自己的世界。我和但丁的友谊莫名地让我感到更加孤独。

也许是因为但丁好像无论到哪里都能适应。而我总觉得自己不属于任何地方。我甚至不属于自己的身体，尤其是我自己的身体。我正在变成一个连自己都不认识的人。改变让我感到痛苦，但我并不知道为什么会痛苦。我的那些情绪似乎也毫无道理可言。

我小时候一度想写日记。那时候，我买了一个带真皮外壳的本子，在空白页上写下些东西。我从来不强迫自己写日记，只是随意记录自己的一些想法。

六年级的时候，爸妈送给我一副棒球手套和一台打字机作为生日礼物。我当时参加了棒球队，所以用得上手套。可是，打字机？他们怎么会想到给我买一台打字机呢？我假装喜欢它，但我不擅长假装。

我的沉默寡言让我没法儿成为一个好演员。

有意思的是，我学会了打字。我终于掌握了一项技能。棒球的事没成。我有足够的实力加入球队，但我不喜欢打棒球。我是为了爸爸才打棒球的。

我不知道我为什么会想到这些事情。我总是会想到这些事情。我想我的脑子里可能有台私人电视机，我能调出自己想看的节目，也可以随时换台。

我想给但丁打电话。但一转念，又觉得不太想给他打电话。我不太想和别人聊天儿，只想和自己聊天儿。

我开始想到我的姐姐们。她们彼此亲密无间，却和我那么疏离。我知道是年龄的问题。这似乎是个大问题，对她们和对我来说都一样。我“出生得有点儿晚”，我的姐姐们如此表述。有一天，她们坐在厨房的桌子旁聊起我时，就用了这样的说法。这不是我第一次听到别人这样说我。于是，我决定和她们摊牌，因为我不喜欢别人这样想我。我不知道，我就是有点儿失控。我看着姐姐塞西莉亚说道：“你出生得有点儿太早了。”说完我冲她笑着摇了摇头，继续说：“这不是很可悲吗？这不是太他妈的可悲了吗？”

我的另一个姐姐西尔维娅教训我道：“我讨厌那个词。别这么说话，你太不尊重人了。”

说得好像她们尊重我一样。是的，她们当然尊重我。

她们告诉妈妈我说脏话。妈妈讨厌“脏话”。她严厉地训斥我：“‘他妈的’这个词极度缺乏尊重和想象力。还有，别对我翻白眼。”

而我因为拒绝道歉惹了更大的麻烦。

不过，好的一面是，我的姐姐们再也没用过“出生得有点儿晚”这种说法，反正没在我面前再用过。

我想自己之所以生气，是因为我不能和哥哥聊天儿且无法和姐姐们真正地交流。这并不是因为她们不关心我，只是她们对待我更像对待儿子而不是兄弟。我不需要三个妈妈。所以我真的很孤独。孤独让我想和同龄人聊天儿，想和明白用“他妈的”这个词并不代表我缺乏想象力的人聊天儿。有时候，用这个词只是让我觉得很自由。

在日记里和自己聊天儿相当于和同龄人聊天儿。

有时我会写下我能想到的所有脏话。这让我感觉舒服很多。妈妈有很多规矩。对我爸爸的是：禁止在家里吸烟。对所有人的是：不许骂人。她接受不了骂人，哪怕爸爸骂人时妙语连珠，她也会看着他说："带着你骂人的话出去，海梅。也许你能找到一只喜欢脏话的狗。"

妈妈很温柔，但也很严格。我想这就是她的生存之道。我不想因为说脏话惹怒妈妈，所以大多数时候我都是在脑子里说脏话。

我的名字安杰尔·亚里士多德·门多萨也有问题。我讨厌安杰尔这个名字，我从不让别人叫我的名字。我认识的所有叫安杰尔的人都是浑蛋。我也不喜欢亚里士多德。虽然我知道这个名字源自我的爷爷，我也知道它是世界上最著名的哲学家的名字。我讨厌这样的名字。每个人都对我有所期待，期待一些我无法给予的东西。

于是我给自己取名阿里。

如果调换字母顺序，我的名字就是艾尔[1]。

我觉得成为空气可能是很棒的事。

我可能是什么，也可能什么都不是。我可以是必需却无形的东西。人人都需要我，却没人能看见我。

---

[1] 阿里的英文是 Ari，调整字母顺序就是英文 Air，有空气的意思。

第八章

妈妈打断了我的思绪，如果那些可以称为思绪的话。“但丁来电话了。”她说。

我穿过厨房，发现妈妈正在整理橱柜。无论暑假在别人眼里意味着什么，在妈妈眼里，它只代表工作。

我在客厅的沙发上坐下，拿起电话。

“嘿。”我打招呼。

“嘿，”他回应道，“你在做什么？”

“没做什么。我还是感觉不太舒服。妈妈下午要带我去看医生。”

“我还以为我们能去游泳。”

“妈的。”我说，“我不能去。我只是，你知道——”

“是的，我知道。所以你只是在无聊地发呆？”

“是的。”

“你有看什么书吗，阿里？”

“没有。我在思考。”

“思考什么？”

“瞎想。”

“瞎想？”

“你知道的，但丁，就是瞎想。”

“比如什么，阿里？”

“比如我的两个姐姐和哥哥比我大很多，对此我有什么感受。”

“你的姐姐和哥哥多大？”

“我的两个姐姐是双胞胎。她们虽然不是同卵双胞胎，但长得很像。她们二十七岁了。我妈妈十八岁时就生了她们。”

“哇，”他感叹道，“二十七岁。”

“是的，哇。”

“我十五岁，有三个外甥女和四个外甥。”

“这很酷，阿里。”

“相信我，但丁，这一点儿也不酷。他们甚至都不叫我阿里舅舅。”

“你哥哥多大？”

“二十六岁。”

“我一直想有个哥哥。”

“呃，有还不如没有。”

“为什么？”

“我们都不和他说话，当他已经死了。”

“为什么？”

“他在监狱里，但丁。”我从没跟任何人说过我哥哥的事。我从没对任何人提过关于他的一个字。提起他让我感觉很糟糕。

但丁没再问下去。

“我们能不提他吗？”

“为什么？”

“这让我感觉很糟糕。”

“阿里，你没做任何事。”

“我不想提起他，好吗，但丁？”

“好。但是，阿里，你的人生真的很有意思。”

“没那么有意思。”我说。

“不，真的很有意思。”他说，“至少你有兄弟姐妹。我就只有一个妈妈和一个爸爸。”

“没有表亲？”

“他们不喜欢我。他们觉得我——他们觉得我有点儿不一样。他们是真正的墨西哥人，而我有点儿……你是怎么叫我的来着？”

“波乔。”

“我就是这样的人。我的西班牙语不太好。”

“你可以学。”我说。

“在学校里学西班牙语不同于在家学或在课外班学。真的很难学。我的大多数表亲都是妈妈那边的亲戚，他们都很穷。我妈妈是她家里最小的孩子。她经过激烈的斗争才获得了上学的机会。我外公认为女孩不应该上大学，而我妈妈说：‘去他的，我就是要上大学。’”

“我无法想象你妈妈说‘去他的’。”

“她可能没这么说，但她想到了办法。她真的很聪明，靠自己的努力上完了大学，然后又拿到奖学金去加利福尼亚大学伯克利分校读了研究生。她在那里认识了我爸爸。我就是在那里出生的。他们各自忙于研究。我妈妈成了心理学家，我爸爸正努力成为英语教授。你知道的，我的爷爷奶奶出生在墨西哥。他们住在洛杉矶东部的一栋小房子里，不会说英语，经营着一家小餐馆。我爸妈为他们自己创造了一个全新的世界，而我就生活在他们的新世界里。他们了解他们出生的那个旧世界，我却对此一无所知。我不属于任何地方，这就是问题所在。”

“你有你的地方。”我说，“你走到哪里就属于哪里。你就是这样的人。”

“你没见过我和我的表亲们在一起的样子。我觉得自己就像个怪物。”

我知道那是种什么感觉。“我知道，”我说，“我也觉得自己像个怪物。”

“至少你是真正的墨西哥人。”

“你对墨西哥了解多少，但丁？”

听筒里传来一阵怪异的沉默。“你认为会一直这样吗？”他问。

“什么？”

“我是说，我们什么时候会开始觉得世界属于我们？”

我想告诉他，世界永远不会属于我们。“我不知道，”我答道，“明天吧。”

第九章

我走进厨房，看着妈妈整理橱柜。

“你和但丁聊了些什么？”

“瞎聊。”

我想问她有关哥哥的事情，但我知道自己不会开口问。“他跟我讲了他爸妈的事情，说他们在加利福尼亚大学伯克利分校的研究生院相遇，说他是怎么出生在那儿的。他说在他的记忆中，他的爸妈一直在读书和学习。”我说。

妈妈笑着说：“就像你和我。”

“我不记得有这回事。”

“你爸爸去打仗的时候，我正在读本科。学业分散了我的注意力，省得我时时刻刻提心吊胆。我去上学的时候，外婆和姨妈们会帮我照顾你的姐姐和哥哥。你爸爸回来之后，我们有了你。”她冲我笑了笑，接着又开始用手指梳理我的头发。

“你爸爸继续在邮局工作，而我继续上学。我有你，有学业。你爸爸也很可靠。”

“那段日子很难吗？”

“那时候我很开心。你是个乖宝宝。生你的时候我以为自己已经死了，上天堂了。之后，我们买了这栋房子。它有很多地方要修缮，但它是我们的房子。而且，我在做自己一直想做的事情。”

“你一直想当老师？”

“一直。我小时候，家里一贫如洗，但你外婆知道学习对我来说有多重要。当我告诉她我要嫁给你爸爸时，她哭了。”

“她不喜欢他？”

“不，不是这样。她只是希望我继续上学。我答应她我会继续上学。我花了一些时间才继续完成学业，但我遵守了我的承诺。”

这是我第一次真正把妈妈当成一个独立的人来看待。她不仅是我的妈妈，这么想她很奇怪。我想问她关于爸爸的事情，但我不知道怎么开口：“他从战场回来的时候，有什么不一样吗？”

“是的。”

“怎么不一样？”

“他的心受伤了，阿里。”

“那是怎么一回事呢？他的心受伤了？他怎么了？”

“我不知道。”

“你怎么能不知道，妈妈？”

“因为那是他自己的事。只是他自己的事，阿里。”

我知道她已经接受爸爸有个人创伤这件事。“它会痊愈吗？”

“我觉得不会。”

“妈妈，我能问你一些事情吗？”

“你可以问我任何事情。”

“爱他很难吗？”

“不。”她毫不犹豫地回答。

“你了解他吗？”

“不一定。但是，阿里，我不需要一直了解我爱的人。”

“也许我需要。”

“这对你来说很难，是吗？”

“我不了解他，妈妈。”

“阿里，我知道我这么说你会生我的气，但我还是要说。我想，总有一天你会了解他。”

“是的，”我回应道，“总有一天。”

总有一天，我会了解爸爸。总有一天，他会告诉我他是谁。总有一天。我讨厌这个词。

第十章

我喜欢听妈妈跟我聊她对事物的感受。她会跟我聊这些，但我们并不经常聊天儿，偶尔聊聊而已。这样很好，这让我觉得自己了解她。我觉得我了解的人不多。她跟我聊天儿的时候和当我妈妈的时候不一样。她当我妈妈的时候，对我应该成为一个什么样的人有很多想法。我讨厌她那样，会跟她对着干，不想让她对我的生活指手画脚。

我认为自己没有义务去接受别人对我的评价，按照别人的要求做人。阿里，如果你不这么安静……如果你能更自律一点儿……是的，每个人都会对我和我应该成为什么样的人提出意见。尤其是我的姐姐们。

因为我是最小的孩子。

因为我的到来是惊喜。

因为我出生得太晚。

因为我哥哥进了监狱，也许我爸妈会因此自责。如果他们之前多管教他一点儿就好了。他们不会再犯同样的错误。于是，我受制于家人的内疚。这种内疚连我妈妈都不愿提起。她有时会顺便提到我哥哥，但她从没提过他的名字。

所以，我现在是爸妈唯一的儿子。我感受到了一个墨西哥家庭的儿子所要承担的重任。尽管我并不想承担这一重任，但现实就是如此。

我很生气，觉得和但丁提起我哥哥就像是背叛了我的家庭，感觉不太好。我们家的阴魂太多——哥哥，爸爸的战争，姐姐的声音。我想在我内心深处也许还有一些素未谋面的阴魂。它们就躺在那里等着与我见面。

我拿起旧日记本翻了翻，找到了我满十五岁一周后写的一篇日记：

我不喜欢十五岁。

我不喜欢十四岁。

我不喜欢十三岁。

我不喜欢十二岁。

我不喜欢十一岁。

十岁很好。我喜欢十岁。我不知道为什么，但我五年级的时候过得很好。

五年级非常好。佩德雷贡太太是个好老师，而且不知道为什么，大家似乎都喜欢我。五年级是美好的一年，优异的一年。可是现在，我十五岁了，情况变得有点儿尴尬。我的声音很奇怪，我总会撞到一些东西。妈妈说我的本能反应正在努力跟上我生长的节奏。

我不太在乎生长这种事。

我的身体正在做一些我无法控制的事情，我只是不喜欢这样。

突然之间，我浑身上下到处都开始长毛。腋窝长毛，腿上长毛，我的——周围，呃，我的双腿之间也开始长毛。好吧，我也不喜欢这样。甚至我的脚趾都开始长毛。这是怎么回事？

我的脚越来越大。大脚又是怎么回事？我十岁的时候还很矮小。那时，我一点儿也不担心会长毛。我唯一担心的是如何说一口流利的英语。十岁那年我就下定决心，不让自己说话时听起来像墨西哥人。我要成为美国人，说起话来要像美国人。

如果我看起来不像美国人会怎么样？

美国人到底长什么样？

美国人会长大手大脚吗？美国人双腿之间会长毛吗？

看自己写的东西让我无比尴尬。我可真是个浑蛋哪。我一定是世界上最失败的失败者，就会写些有关毛发和身体的东西。难怪我不再写日记了。这就像是在记录我自己的愚蠢。我为什么要这么做？我为什么要提醒自己有多浑蛋？

我不知道我为什么没有把日记扔到房间的另一头，我一直在随意翻看。突然，我发现了有关哥哥的内容：

我们家没有哥哥的照片。

家里有两个姐姐结婚那天的照片，妈妈第一次穿圣餐服的照片，爸爸在越南时的照片，我婴儿时期的照片，我第一天上学的照片，我和小队友们举起第一名奖杯的照片。

家里有我的三个外甥女和四个外甥的照片。

家里还有我爷爷奶奶的照片，他们都已经去世了。

家里到处都是照片。

可就是没有哥哥的照片。

因为他在监狱里。

家里没人谈论他。

就好像他死了一样。

这比死还要糟糕。至少人们会谈起死人，你会听到有关他们的故事。人们甚至会微笑着说起那些故事，有时还会哈哈大笑。就连我们曾经养的狗都会有人提起。

甚至连沙尔利，死去的那只狗，都有故事流传。

我的哥哥却没有任何故事。

他已经被从我们的家族史上抹掉了。这么做似乎不对。哥哥不仅是写在黑板上的一个名字。我不得不写一篇有关亚历山大·汉密尔顿的文章，我甚至知道他长什么样。

但我宁愿写一篇有关哥哥的文章。

我觉得学校不会有人想读这篇文章。

我不知道自己是否有勇气让爸妈告诉我有关哥哥的事。有一次我问姐姐们，塞西莉亚和西尔维娅都瞪了我一眼，说："千万别提起他。"

我记得我当时想，如果她们有枪，一定会给我一枪。

我发现自己一遍遍地低声重复："哥哥在监狱，哥哥在监狱，哥哥在监狱。"当我大声说出这句话时，我想感受到它是从我嘴里说出来的。语言有时候就像食物，就像你嘴里的什么东西。它们尝起来也像什么东西。“哥哥在监狱。”这句话尝起来很苦涩。

但最糟糕的是，这句话住在我的心里。它会从我的嘴里漏出来。说什么话不是你能控制的，起码你没法儿一直控制。

我不知道发生了什么事。一切都很混乱，我很害怕。我就像恢复秩序之前的但丁的房间。秩序。这正是我需要的。于是我开始写日记：

以下是发生在我生活中的事情（没有特别的顺序）：

——我得了流感，身体很难受，心里也很难受。

——我心里一直很难受，原因不断改变。

——我告诉爸爸我总是做噩梦。这是真的。我从没告诉过任何人，连自己都没告诉过。我说出口的时候才知道这是真的。

——有那么一小会儿我很讨厌妈妈，因为她说我一个朋友都没有。

——我想了解有关哥哥的事情。如果我多了解他一些，我还会讨厌他吗？

——我发烧的时候，爸爸把我抱在怀里，我希望他永远把我抱在怀里。

——问题不在于我爱不爱爸妈，而在于我不知道如何去爱他们。

——但丁是我的第一个朋友。这让我感到害怕。

——我想，如果但丁真正了解了我，那么他不会喜欢我。

第十一章

我们在医生的办公室里等了两个多小时。我和妈妈有备而来。我随身带着但丁给我的诗集，就是诗人威廉·卡洛斯·威廉斯的那本诗集，妈妈则带了本小说——《祝福我，乌蒂玛》[1]。

我和她面对面坐在候诊室，我知道她偶尔会打量我。我能感觉到她的目光停留在我身上。“我不知道你喜欢诗。”她说。

“这是但丁的书。他爸爸有满屋子的诗集。”

“他爸爸做的事很了不起。”

“你是说当教授？”

“是的，多么了不起呀。”

“我想是吧。”我说。

“我上大学的时候，从来没遇到过墨西哥裔美国教授。”她说这话时，脸上露出近乎愤怒的表情。

对于她所经历的一切，她会有什么感受，我并不是很了解。我从没在意过，没有真正在意过。我开始留意她，想要了解她。我开始想要了解所有事。

“阿里，你喜欢诗吗？”

---

[1] 墨西哥裔美国作家鲁道夫·安纳亚的代表作。

"嗯，我想我喜欢。"

"也许你会成为作家，"她说，"一个诗人。"

她说得很美好。对我来说过于美好。

第十二章

我没什么问题，医生是这么说的。我只是刚从一场严重的流感中恢复过来。我们就这么浪费了一个下午，除了我看到妈妈脸上流露出愤怒的那个瞬间。我不得不好好回想那个瞬间。

就在她变得不那么神秘的时候，她变得更神秘了。

我终于可以出门了。

我和但丁在泳池见面了。但我很容易喘不过气来，所以大部分时间只是看着但丁游泳。

似乎要下雨了。雨水总是在每年的这个时候到来。远处传来隆隆的雷声。在我们走去但丁家的路上，天开始微微落雨。很快，雨势渐大，直至大雨滂沱。

我看着但丁说："如果你不跑，我就不跑。"

"我不会跑。"

于是，我们在雨中漫步。我本想走得快一点儿，后来却慢下脚步。我看着但丁问："你受得了吗？"

他微微一笑。

我们慢慢地朝他家走去。走在雨中，浑身尽湿。

来到他家，但丁的爸爸让我们换上干衣服，教训了我们一顿。"我知道但丁没什么常识。可是，阿里，我以为你会更负责一些。”他说。

但丁没法儿帮我，只能插嘴道：“希望渺茫，爸爸。”

“他刚得了流感，但丁。”

“我现在好了。”我说，“我喜欢下雨。”我低头看向地板，说道：“对不起。”

昆塔纳先生把手放在我的下巴上，托起我的脸。他看着我说：“夏天的男孩们哪。”

我喜欢他看我的眼神。我觉得他是世界上最善良的人。也许每个人都很善良，甚至连我爸爸也很善良。但昆塔纳先生还很勇敢。他不在乎全世界是否知道他很善良。这一点但丁和他一模一样。

我问但丁他爸爸有没有发过脾气。

“他不常生气。几乎没有过。但他真生气的时候，我会躲着他。”

“他会因为什么生气？”

“有一次我把他的所有论文都扔了。”

“你还做过这种事？”

“他一点儿也不关心我。”

“那时候你多大？”

“十二岁。”

“所以你是故意惹他生气的？”

“算是吧。”

我突然开始咳嗽。我俩紧张地看了对方一眼。“喝点儿热茶。”但丁说。

我点了点头。好主意。

我们一边坐着喝茶，一边欣赏雨水落在他家的门廊上。天空浓黑似墨，突然开始下起冰雹。天空如此美丽，又如此可怕。我对暴风雨感到好奇，有时暴风雨似乎想要毁灭世界，世界却拒绝被毁灭。

我正盯着冰雹看，但丁拍了拍我的肩膀："我们需要聊聊。"

"聊聊？"

"聊天儿。"

"我们每天都聊天儿。"

"是的，但我是说谈话。"

"谈什么？"

"关于，你知道的，我们是什么样的人，我们的爸妈，诸如此类的东西。"

"有人说过你不正常吗？"

"我应该追求正常吗？"

"你不用。你不正常。"我摇了摇头说，"你从哪里来？"

"问得好。"

我们大笑起来。

"好啦，"他说，"这很严肃。"

"这是个游戏吗？"

"是的。"

"我想玩。"

"你最喜欢什么颜色？"

"蓝色。"

"红色。最喜欢的车？"

“不喜欢车。”

“我也是。最喜欢的歌？”

“没有。你呢？”

“《漫长而曲折的道路》。”

“《漫长而曲折的道路》？”

“披头士乐队的，阿里。”

“我不知道这首歌。”

“很好听，阿里。”

“无聊的游戏，但丁。我们是在面试吗？”

“算是吧。”

“我在申请什么职位？”

“好朋友。”

“我以为我已经得到了这份工作。”

“别那么肯定，你这个傲慢的浑蛋。”他伸手给了我一拳，下手不是很重，但也不轻。

我大笑起来：“说得好。”

“有时候，你难道不想站起来大声喊出你学过的所有脏话吗？”

“每天都想。”

“每天？你比我更糟，”他看着冰雹说，“就像发狂的雪。”

我又大笑起来。

但丁摇了摇头说：“我们都太听话了，你知道吗？”

“什么意思？”

“我们的爸妈把我们教成了听话的男孩。我讨厌这样。”

“我不觉得自己很听话。”

"你加入帮会了吗？"

"没有。"

"你吸毒吗？"

"不吸。"

"你喝酒吗？"

"我想喝。"

"我也想。但你没有回答我的问题。"

"不，我不喝酒。"

"知道我在说什么了吧？我们都很听话。"

"听话，"我说道，"狗屎。"

"狗屎。"他重复道。

我们再次大笑起来。

整个下午，但丁不停地问我问题，我不停地回答问题。雨和冰雹停了，原本炎热的天气骤然转凉。整个世界似乎都安静下来了，而我想成为这个世界，感受这份宁静。

但丁从门廊的台阶上站起来，走到人行道上。他向前举起双臂。"多美呀！"他说。他转身对我说："我们去散步吧。"

"我们的网球鞋呢？"我说。

"爸爸把它们放进烘干机里了。谁在乎呢？"

"嗯，谁在乎呢？"

我以前也这么做过，光脚走在潮湿的人行道上，感受着微风拂面，我知道我这么做过。但此刻我感觉自己从来没有这么做过，现在是我第一次做这件事。

但丁说了些什么，但我没有留神听。我凝望着乌云密布的天空，听着远处的雷声。

我看向但丁，微风吹拂着他的黑发。

“我们要离开一年。”他说。

我突然觉得很难过。不，不完全是难过。我觉得好像有人给了我一拳。“离开？”我问。

“嗯。”

“为什么？什么时候？”

“我爸爸要去芝加哥大学当一年客座教授。我想他们在考虑聘请他。”

“太棒了！”我说。

“是的。”他说。

我很开心，继而又很难过。我受不了，我很难过。我不去看他，只是仰头看天。“这真的太棒了。你们什么时候走？”我问。

“八月底。”

还有六周。我笑道：“太棒了。”

“你一直在说‘太棒了’。”

“好吧，是这样。”

“是的，是这样。

“我要走了，你不难过吗？”

“我为什么要难过？”

他笑起来，然后，他的脸上突然露出那种表情，让人很难猜出他在想什么或有什么感受。这很奇怪，因为但丁的脸原本是一本全世界都能读懂的书。

“看！”他指向马路中间一只挣扎欲飞的鸟。我看得出来，它的翅膀折断了。

“它要死了。”我低声说。

“我们能救它。”

但丁走到马路中间，想把那只鸟捡起来。我看着他把那只受惊的鸟捡起来。这是那辆车转弯前我记得的最后一幕。但丁！但丁！我知道我的内心在尖叫。但丁！

我记得我当时以为那只是一场梦。一切都只是梦。那只是又一个噩梦。我一直在想世界末日到了。我想到麻雀从天上掉下来。

但丁！

夏日终曲

你可记得

夏天的雨

……

你必须让一切想掉落的东西掉落。

——卡伦 · 菲塞尔

第一章

我记得那辆车转弯时，但丁站在马路中间，手里捧着那只折断翅膀的鸟。我记得冰雹风暴过后湿滑的街道。我还记得我尖叫着喊出他的名字。但丁！

我在医院的病房里醒来。

我的两条腿都打了石膏。

我的左臂也打了石膏。一切似乎都很遥远，我全身疼痛，一直在想发生了什么。我的头隐隐作痛。发生了什么？发生了什么？我的每一根手指都很疼。我发誓它们真的很疼。我觉得自己就像球赛结束后的足球。妈的。我一定是发出了呻吟，因为突然之间爸妈就站到了我的病床边。妈妈哭了。

“别哭。”我说。我的喉咙很干，声音听起来不像我自己的，像别人的。

她咬着嘴唇，伸手用手指梳理我的头发。

我看着她：“别哭，好吗？”

“我怕你永远醒不过来。”说完，她伏在爸爸的肩膀上抽泣。

一部分的我开始记起所有事情，另一部分的我只想去别的地方。也许这一切都不是真的，但它确实发生了。这一切真的发生了，只是看起来不真实。我全身都很疼。这是真的。这是我所知道的最真实的事情。

“很疼。”我说。

这时，妈妈止住眼泪，又变回了她自己。我很开心。我讨厌看到她虚弱、哭泣和崩溃的模样。我想知道，哥哥被送进监狱时，她是不是也这样。她按下我静脉注射器上的一个按钮，然后把它放在我手里。“如果你很疼，可以每隔十五分钟按一次。”她说。

“这是什么？”

“吗啡。”

“我终于吸上毒了。”

她忽略了我的玩笑，说：“我去叫护士。”妈妈一直都是行动派，我喜欢她这一点。

我环顾了一圈房间，想知道自己为什么会醒过来。我一直在想，只要我继续睡觉，就不会再疼了。比起疼痛，我更喜欢噩梦。

我看着爸爸说道：“没事，一切都好。”我自己都不相信自己说的话。

爸爸脸上露出严肃的微笑。“阿里，阿里，”他说，“你是世界上最勇敢的男孩。”

“我不是。”

“你是。”

“我是个害怕自己的梦的家伙，爸爸，记得吗？”

我爱他的笑容。他为什么不能一直笑呢？

我想问他发生了什么，但我很害怕。我不知道……我的喉咙很干，说不出话来，所有事情都向我涌来，但丁捧着那只受伤的鸟的画面在我的脑海中一闪而过。我喘不过气来，我很害怕，我想但丁可能已经死了，我的内心充满恐惧。我能感觉到我的心里生出一种可怕的念头。“但丁呢？”我听见自己说出他的名字。

护士站在我旁边。她的声音很好听。“我要给你量血压。”她说。我躺在病床上，任她摆布。我不在乎。她笑着问：“还疼吗？”

“还好。”我低声回答。

她笑道：“你吓了我们一大跳，小伙子。”

“我喜欢吓人。”我轻声回道。

妈妈摇了摇头。

“我喜欢吗啡，”我边说边闭上眼，“但丁呢？”

“他很好。”妈妈答道。

我睁开眼。

我听见爸爸的声音：“他吓坏了。他真的吓坏了。”

“但他没事？”

“是的，他没事。他一直在等你醒来。”爸妈对视一眼。我听见妈妈说：“他就在这里。”

他还活着。但丁。我感觉到自己喘得上气来了。“他手里的那只鸟怎么样？”我问。

爸爸伸出手，紧紧地握住我的手。“疯孩子，”他低声说，“疯孩子。”我看着他离开病房。

妈妈一直盯着我看。

“爸爸要去哪儿？”

“他去找但丁。但丁还没走，他已经在这里待了三十六个小时了，一直在等你——”

"三十六个小时？"

"你动了手术。"

"手术？"

"他们得修好你的骨头。"

"好吧。"

"你会留下伤疤。"

"好吧。"

"手术后你醒了一小会儿。"

"我不记得了。"

"你很疼。他们给你注射了些东西，然后你又昏睡过去了。"

"我不记得了。"

"医生说你可能记不住这些事。"

"我说了什么吗？"

"你只是哼哼。你问到了但丁。他不肯走。他是个非常固执的年轻人。"

我笑起来："是的，每次我和他争论都是他赢，就像每次我和你争论一样。"

"我爱你。"她低声说，"你知道我有多爱你吗？"

她说的话很动听。她很久没对我说过这种话了。

"我更爱你。"我小时候会这么对她说。

我以为她又要哭，但她没有。她眼里有泪，但没有真的哭出来。她递给我一杯水，我用吸管喝了一点儿。"你的腿，"她说，"那辆车碾过了你的腿。"

"那不是司机的错。"我说。

她点了点头。“给你动手术的医生非常好。所有骨折都在膝盖以下。上帝呀——”她顿了一下，“他们以为你会失去双腿——”她又顿了一下，擦掉脸上的泪水。“我再也不会让你出门了，再也不会了。”

“独裁者！”我轻声说。

她吻了吻我：“宝贝，我的漂亮宝贝。”

“我没那么宝贝，妈妈。”

“别跟我理论。”

“好吧，”我说，“我是宝贝。”

她又哭起来。

“没事，”我说，“一切都很好。”

爸爸和但丁走进病房。

我和但丁相视一笑。他的双眼黝黑，左眼上方缝了几针，左脸有刮伤的痕迹，右臂打着石膏。“嘿。”他打招呼。

“嘿。”我回应道。

“我们好像配成对了。”他说。

“我赢了。”我低声说。

“你终于赢了一次。”

“是啊，终于，”我说，“你看起来像坨狗屎。”

他站在我身旁：“你也是。”

我们看着对方。“你的声音听起来有些疲惫。”他说。

“是的。”

“我很高兴你醒了。”

“是啊，我醒了。可是，睡着的时候没那么疼。”

“你救了我的命，阿里。”

“但丁的英雄，正是我一直想成为的。”

“别这样，阿里。别开玩笑。你差点儿没命。”

“我不是故意这么做的。”

他开始哭泣。但丁和他的眼泪。但丁和他的眼泪！“你推开了我。你推开了我并救了我的命。”他说。

“好像是我推开了你，把你打得屁滚尿流。”

“我现在出名了。”他说。

“都怪那只该死的鸟。”我说，“我们可以怪在那只鸟身上。所有这一切都可以。”

“我受够鸟了。”

“不，你没有。”

他又开始哭。

“别哭了。”我说，“我妈妈一直在哭，现在轮到你了，连我爸爸看起来都想哭。规矩。我有我的规矩。不许哭。”

“好的，”他说，“不会再哭了。男孩不哭。”

“男孩不哭。”我说，“眼泪真的让我感觉很累。”

但丁大笑起来，接着他变得非常严肃：“你突然扑过来，就像在泳池里一样。”

“我们没必要聊这个。”

他还是继续说下去：“你扑向我，就像橄榄球运动员扑向拿球的人，你一把将我推开了。这一切发生得太快了，而你知道该怎么做。只有你自己能害死自己。”我看着泪水从他的脸颊上滑落。“都是因为我这个白痴，站在马路中间想救一只蠢鸟。”他说。

"你又违反不许哭的规矩了。"我说，"而且，鸟不蠢。"

"我差点儿害你丢了命。"

"你什么也没做。你只是在做你该做的事。"

"我再也不会管鸟的事了。"

"我喜欢鸟。"我说。

"我已经放弃它们了。你救了我的命。"

"我跟你说了，我不是故意这么做的。"

大家都大笑起来。上帝呀，我累了，而且很疼。我记得但丁紧紧地握着我的手，一遍又一遍地说："对不起，对不起，阿里，阿里，阿里，原谅我，原谅我。"

我想手术的后遗症和吗啡让我有点儿兴奋。

我记得我哼唱了《拉班巴》。我知道但丁和爸妈还在病房里，但我没法儿保持清醒。

我记得但丁紧握着我的手。我记得我有思考：原谅你？原谅你什么，但丁？你有什么需要被原谅的？

我不知道为什么，我的梦里有雨。

我和但丁都光着脚。雨下个不停。

我很害怕。

第二章

我不清楚自己在医院住了多久。也许只有几天，四天，或者五天。也许六天。见鬼，我不知道，仿佛住了一辈子那么久。

他们给我做了各种检查。医院就是这样。他们检查我有没有其他内伤，尤其是脑损伤。有个神经科医生来看过我，我不喜欢他。他长着一头黑发，墨绿色的眼睛，不喜欢正眼看人。他要么根本不关心病人，要么过于关心病人。可问题是，他不太擅长和人交流。他不怎么跟我说话，只是做很多记录。

我发现护士们很喜欢闲聊，也喜欢测量病人的生命体征。他们经常这么做：给你吃药，帮助你入睡，然后整晚不停地叫醒你。见鬼。我想睡觉。我想睡觉，我想一觉醒来就看到石膏消失不见。我就是这么对一个护士说的："你就不能让我好好睡一觉吗？等他们拆了我的石膏再把我叫醒？"

"傻孩子。"护士只回了这么一句。

没错。傻孩子。

我记得一件事：我的病房里摆满了花。妈妈在教会的朋友们送的花，但丁的爸妈送的花，我的姐姐们送的花，邻居送的花。到处都是花。见鬼。在这之前，我对花一直没什么意见。现在，我决定不喜欢它们了。

我有点儿喜欢我的外科医生。他热衷于研究运动损伤。他看上去比较年轻，我觉得他是个运动健将，就是那种手很大，手指很长，块头很大的外国人，我对他很好奇。他有一双钢琴家的手，我曾那么想过。但其实我对钢琴家的手和外科医生的手一无所知，虽然我梦到过那双手。在我的梦里，他治好了但丁救下的鸟，并将它放飞到夏日的天空里。这是个美梦，我不常做美梦。

查尔斯医生。这是他的名字。他知道自己在做什么。他是个好人，我是这么想的。他会回答我的所有问题，即使我有很多问题。

“我的腿里有钉子吗？”

“有。”

“永久的？”

“是的。”

“你不用再打开我的腿了？”

“希望不用。”

“我太爱说话了，是吧，医生？”

他大笑起来：“你是个坚强的家伙，对吗？”

“我觉得我没那么坚强。”

“嗯，我觉得你很坚强，特别坚强。”

“真的？”

“手术时我一直在。”

“真的？”

“真的，亚里士多德。我能告诉你一些事吗？”

“叫我阿里。”

“阿里，”他笑道，“我很惊讶你手术时表现得那么好。我也很惊讶你现在恢复得这么好。你真的太让人惊讶了。”

“全都靠运气和基因。”我说，“爸妈遗传给我的基因。至于运气，我不知道从何而来，也许是上帝给的吧。”

“你信教？”

“不太信，我妈妈信。”

“是啊，妈妈们和上帝通常都相处得非常好。”

“我猜是这样。”我说，“我什么时候才能不觉得自己像个废物？”

“很快。”

“很快？我是不是还得忍受又疼又痒的八周？”

“会好起来的。”

“当然。为什么我的腿断的是膝盖以下，石膏却要打到膝盖以上？”

“我只是想让你保持不动两三周。我不想让你屈膝，这样你可能会再次受伤。坚强的人总喜欢挑战自我。几周后，我会给你换石膏，然后你就能屈膝了。”

“见鬼。”

“见鬼？”

“还要几周？”

“大约三周吧。”

“三周不能屈膝？”

“时间并不长。”

“现在可是暑假。”

“我会带你去见理疗师。”

我深吸一口气。“见鬼。还有这个是怎么回事？”说着，我指了指手臂上的石膏。我真的很沮丧。

“这里的骨折没那么严重，一个月后就能拆掉石膏。”

“一个月？见鬼。”

“你很喜欢这个词，是吗？”

“我更喜欢用别的词。”

他笑道：“见鬼就够了。”

我想哭。我哭了。大多数时候，我很生气，很沮丧，我知道他会对我说要有耐心。他的确是这么说的。

“你只需要有点儿耐心。你会恢复得像个全新的你。你很年轻，身体很结实，骨头很健康，我有充分的理由相信你会恢复得很好。”

恢复得很好。耐心。见鬼。

他检查了我的脚趾反应、呼吸情况，还让我用左右眼分别看他的手指。“你为你的朋友但丁做了件了不起的事。”他说。

“听着，我希望大家不要再谈论这件事。”

他看着我，表情略显惊讶，说：“你可能会截瘫，或者更糟。”

“更糟？”

“年轻人，你可能没命。”

没命。好吧。“大家总这么说。听着，医生，我还活着。”

“你不太喜欢当英雄，对吧？”

“我告诉但丁我不是故意救他的，大家都觉得这很好笑，但我没开玩笑。我甚至都不记得自己朝他冲过去了。我并没有对自己说：‘我要救我的朋友但丁。’事实并非如此。这只是一种条件反射，就像有人敲你的膝盖，你的腿会不由自主地跳动一样。事实就是如此，是自然而然的反应。”

“只是条件反射？自然而然的反应？”

“没错。”

“发生的一切和你没关系？”

“只是很平常的一件事。”

“只是很平常的一件事？”

“是的。”

“我有不同的看法。”

“你当然会有，你是大人。”

他大笑着说：“你对大人有什么意见吗？”

“他们对我们有太多看法，总想教我们应该怎么做事。”

“这是我们的工作。”

“很好。”我说。

“很好，”他说，“听着，孩子，我知道你不认为自己很勇敢，很有勇气，或是怎么样。你当然不会这么想。”

“我只是个普通的孩子。”

“嗯，这就是你对自己的看法。但是，你把你的朋友从迎面而来的汽车前推开了。你这么做了，阿里。你不是只想着你自己，你也没有考虑你自己究竟会怎么样。你这么做是因为你就是这样的人。如果我是你，我会考虑这些的。”

“为什么？”

“就是会考虑。”

“我不确定自己愿不愿意考虑这些。”

“好吧，阿里，我想告诉你，你是个非常罕见的年轻人。这是我的看法。”

“我跟你说过，医生，这只是条件反射。”

他冲我咧嘴一笑，把手放在我的肩膀上，说道：“我了解你这种孩子，阿里。我明白你的意思。”我不知道他到底是什么意思。但他在微笑。

我刚和查尔斯医生聊完，但丁的爸妈就来看我了。昆塔纳先生走到我面前，十分自然地吻了吻我的脸颊。我猜对他来说这么做很正常。我也认为这么做很好，这很贴心，但也让我有点儿不舒服。我不习惯这种行为。他不停地感谢我。我想告诉他别这样，但我还是让他继续说下去，因为我知道他很爱但丁，他很开心，而看到他很开心我也很开心。所以，没关系。

我想换个话题。我其实没什么可说的。我感觉糟透了。但他们正看着我，我可以聊天儿，尽管我的脑子有点儿不清醒，但还是可以应付这种情况。于是我开口道：“您要在芝加哥待一年吗？”

“是的，”他答道，“但丁还没有原谅我。”

我只是看着他，不说话。

“他还是很生气。他说没人问过他的意见。”

听到这话我笑了起来。

“他不想一整年都游不了泳。他说他可以和你一起生活一年。”

这让我大吃一惊。但丁的秘密比我想的要多。我闭上眼睛。

“你还好吗，阿里？”

“身上有时候痒得难受，我只好闭上眼睛。”

他的脸上露出非常关切的表情。

我没有告诉他，现在每次我无法忍受腿上传来的感觉时，就会努力想象我哥哥的模样。“跟您聊天儿很愉快，”我说，“这样我就不会乱想别的事情。”我睁开眼睛，继续说道：“这么说但丁在生您的气？”

“是的，我告诉他，我不可能把他留在这里一年。”

我想象着但丁冲他爸爸生气的模样：“但丁很固执。”

我听见昆塔纳太太说：“这点像我。”

我不由得笑起来。我知道她说得没错。

“你知道我是怎么想的吗？”她说，“我觉得但丁会想你，这才是他不想离开的真正原因。”

“我也会想他。”我说。我很抱歉说了这样的话。这是事实，我本不必说出来。

但丁的爸爸看着我说：“但丁没什么朋友。”

“我一直以为大家都喜欢他。”

“没错，大家都喜欢但丁，可他一直很孤独。他似乎和大家相处得不好。他一直都这样，”他笑着对我说，“就像你一样。”

“也许吧。”我说。

“你是他最好的朋友，我觉得你应该知道这一点。”

我不想知道。我不知道我为什么不想知道。我朝他笑了笑。他是个好人。他正在和我聊天儿。和我，阿里。尽管这样，我还是不怎么愿意聊这些。但我知道我必须这么做。世界上没那么多好人。

“想想看，我其实是个无趣的家伙，我不知道但丁是怎么想的。”我无法相信自己对他们说了这样的话。

昆塔纳太太一直站在离我很远的地方。但这时她走上前来，站在她丈夫身旁。“你为什么会这么想，阿里？”她说。

“什么？”

“你为什么会觉得自己无趣？”

上帝呀，我心想，心理治疗师来了。我耸了耸肩，闭上眼睛。好吧，我知道我睁开眼睛的时候，他们还会在病房里。我和但丁既享受到爸妈的关爱，又受困于他们的唠叨。他们为什么就不能放过我们？那些太忙，太自私，或者根本不在乎自己的儿子做了什么的爸妈有遭遇什么不好的事吗？

我决定再次睁开眼睛。

我知道昆塔纳先生还要说些别的什么。我能感觉到。但他也许察觉到了我的情绪。我不知道，反正他没有再说什么。

我们开始聊芝加哥。我很高兴我们没有聊我或但丁，或是聊那天发生了什么。昆塔纳先生说大学给他们找了个很小的住处。昆塔纳太太请了八个月的假。所以，他们并不会离开一整年，只是一个学年，不是很长时间。

我记不住昆塔纳夫妇说的每一件事。他们十分努力地和我聊天儿。我既高兴他们能来探望我，同时又不在乎他们来探望我。话题自然而然地又转到了我和但丁身上。昆塔纳太太说她要带但丁去看心理医生。“他感觉很糟糕。”她说。她说如果我也去看心理医生也许会是个好主意。典型的心理治疗师口吻。“我很担心你们两个。”她说。

“您应该和我妈妈一起喝咖啡。”我说，“你们可以一起担心。”

昆塔纳先生觉得这很好笑，但我可不是在开玩笑。

昆塔纳太太朝我挤出一个笑容：“亚里士多德·门多萨，你一点儿也不无趣。”

过了一会儿，我真的很累了，无法集中精力。

我不知道我为什么无法忍受昆塔纳先生道别时充满感激的眼神。但真正让我心烦意乱的是昆塔纳太太。她不像她的丈夫，她不是那种会让别人看到她的真实感受的女人。我并不是说她不善良、不体面之类的，她当然善良又体面，只是当但丁说他的妈妈难以捉摸时，我很清楚他在说什么。

离开病房前，昆塔纳太太用双手捧起我的脸，注视着我的眼睛，轻声说：“亚里士多德·门多萨，我会永远爱你。”她的声音温柔、坚定又激动，她的眼里没有一滴泪水。她说这话时认真又平静，眼睛直视着我，因为她想让我知道她对我说的每一个字都是认真的。

我意识到：昆塔纳太太这样的女人不会经常使用“爱”这个字。当她说出这个字时，她是很认真的。我还明白了一件事：但丁的妈妈对他的爱超乎他的想象。我不知道该怎么处理这一信息，于是把它藏在心里。我遇到事情时习惯这么做，把它藏在心里。

第三章

我接到但丁的电话。“对不起，我还没去看你。”他说。

“没关系，我没什么心情和人聊天儿。”

“我也是，我爸妈把你累坏了吧？”

“没有，他们很好。”

“我妈妈说我得去看心理医生。”

“嗯，她有提到这回事。”

“你去吗？”

“我哪儿都不去。”

“你妈妈和我妈妈聊了聊。”

“我一猜她们就聊过。所以，你会去吗？”

“当妈妈们觉得某件事是好主意时，我们就无路可逃，最好乖乖听话。”

我哈哈大笑。我想问他会对心理医生说些什么。但我其实并不是很想知道。“你的脸怎么样了？”我问。

“我喜欢盯着它看。”

“你可真奇怪。也许看心理医生对你来说是个好主意。”

我喜欢听他笑，这样一切才正常。但同时我又觉得一切都不会再正常了。

“你还很疼吗，阿里？”

“我不知道。我的腿好像成了我的主人。我没法儿思考其他任何事情。我只想把石膏拆了，见鬼，我不知道。”

“都是我的错。”我讨厌他说这样的话。

“听着，我们定几条规矩吧。”

“规矩？又来了，你是说像不许哭这样的规矩？”

“完全正确。”

“他们给你停掉吗啡了吗？”

“是的。”

“你只是心情不好。”

“这和我的心情没关系。我说的是规矩。我不知道这有什么大不了的，你不是喜欢规矩吗？”

“我讨厌规矩。我最喜欢打破它们。”

“不，但丁，你喜欢制定你自己的规矩。只要是你定的规矩，你就喜欢它们。”

“哦，你现在是在分析我吗？”

“你没必要去看心理医生，你有我。”

“我会告诉我妈妈。”

“记得跟我说她说了什么。”我觉得我俩都笑了，“听着，但丁，我只是想说我们需要定些规矩。”

“术后守则？”

“如果你愿意，可以这么说。”

“好吧，什么规矩？”

“规矩一：不许谈论这次意外，永远都不能再提起。规矩二：

不要再感谢我。规矩三：整件事都不是你的错。规矩四：让我们开始新的生活。”

“我不知道我喜不喜欢这些规矩，阿里。”

“和你的心理医生聊聊。但规矩就是规矩。”

“你听起来有点儿生气。”

“我没生气。”

我听得出来但丁在考虑。他知道我是认真的。“好吧，”他说，“我们永远不会再提起这次意外。这条规矩很蠢，但就这样吧。我能再说一次‘对不起’和一次‘谢谢’吗？”

“你刚才说了。不要再说了，好吗？”

“你在翻白眼吗？”

“是的。”

“好的，不说了。”

那天下午，他搭公共汽车来看我。他看起来不太好。他努力假装看着我不会让他难受，但他永远无法隐藏他的感受。“别为我难过。”我说，“医生说我会恢复得很好。”

“很好？”

“他就是这么说的。给我两三个月的时间，我就会变回原来的我，虽然原来的我也没什么了不起的。”

但丁大笑起来，然后看着我说：“你要定个不许笑的规矩吗？”

“笑一直是好事。笑很有用。”

“好。”他一边说一边坐下来，从背包里掏出两本书。“我给你带了一些东西看。”那两本书是《愤怒的葡萄》和《战争与和平》。

“很好。”我说。

他看着我说："我还可以给你带花。"

"我讨厌花。"

"我猜到了。"他笑着对我说。

我看着那两本书。"它们可真厚。"我说。

"这就对了。"

"你觉得我有时间看完它们？"

"是的。"

"你看过了？"

"我当然看过。"

"你当然看过。"

他把书放到我病床边的架子上。

我摇了摇头。是的。时间。见鬼。

他拿出素描本。

"你要画我打着石膏的样子吗？"

"不。我只是觉得你也许想看看我的素描。"

"好的。"

"不要激动。"

"你误会了，就是有时候突然会疼。"

"现在疼吗？"

"是的。"

"你吃药了吗？"

"我尽量不吃。我讨厌药带给我的感觉。"我按下床上的按钮，这样我才能坐起来。我想说"我讨厌这样"，但我没有说。我想大喊大叫。

但丁把素描本递给我。

我准备翻开它。

“你可以等我走了再看。”

我想我的脸上露出了疑惑的表情。

“你有你的规矩，我也有我的规矩。”

这很好笑。我想笑，一直笑，直到把自己笑成另一个人的模样。笑的真正好处在于，它能让我忘记腿上怪异又可怕的感觉，哪怕只有一分钟的效果。

“跟我说说公交车上的人吧。”我说。

他笑了笑，说：“公交车上有个男人跟我说有关罗斯韦尔的外星人的事。他说……”我不知道我是否真的在听这个故事。我想只要能听到但丁的声音就足够了，就像在听一首歌。我一直在想那只折断翅膀的鸟，没人告诉我那只鸟怎么了，我连问都不能问，因为这样就违反了我自己定下的不许谈论这次意外的规矩。但丁一直在讲公交车上的那个男人和罗斯韦尔的外星人的故事，以及一些人如何逃到埃尔帕索并计划接管整个交通系统的事。

我看着他，脑海里突然冒出讨厌他的想法。

他给我读了几首诗。我想它们应该很优美，但我没心情欣赏。

他终于走了，我盯着他的素描本。他从没让人看过他的素描，现在他把它们给我看了。给我，阿里。

我知道他只是出于感激才让我看他的作品。

我讨厌这种感激。

但丁觉得他欠了我什么。我不想这样。不应该这样。

我拿起他的素描本，把它扔到了房间的另一头。

第四章

但丁的素描本撞到墙上时，妈妈刚好走进病房。

“你想说说这是怎么回事吗？”

我摇摇头。

妈妈捡起素描本。她坐下，准备翻开本子。

“别翻开。”我说。

“什么？”

“别看。”

“为什么？”

“但丁不喜欢别人看他的素描。”

“只许你看？”

“我想是的。”

“那你为什么把它扔掉？”

“我不知道。”

“我知道你不想聊这个，但我想——”

“我不想知道你在想什么，妈妈。我就是不想说。”

“你把什么都藏在心里可不好。我知道你现在很难受，接下来的两三个月会非常难熬。把所有事情都藏在心里不会帮助你痊愈。”

“也许你应该带我去看心理医生，让我吐吐苦水。”

“我听得懂反话。而且我不认为去看心理医生是多坏的主意。”

“你和昆塔纳太太私下达成协议了？”

“你真是个聪明的孩子。”

我闭上眼睛又睁开。“我想和你做笔交易，妈妈。”我几乎能感觉到我的舌尖都带着怒气。我发誓。“你说点儿哥哥的事，我就说点儿我的感受。”

我看到她脸色一变，看起来既惊讶，又受伤，还有点儿愤怒。

“你哥哥和这件事完全没关系。”

“你觉得只有你和爸爸是能把事情藏在心里的人？爸爸的心里藏着整场战争。我的心里也能藏事。”

“两件事之间毫无关系。”

“我可不这么认为。你去看心理医生，爸爸也去看心理医生，也许这样我才会去看心理医生。”

“我去喝杯咖啡。”她说。

“好好享用。”说完我闭上眼睛。我想这就是我的新现实。我没法儿怒气冲冲地离开，只能闭上眼睛，把整个世界挡在外面。

第五章

爸爸每天晚上都来探望我。

我想让他走。

他试着和我聊天儿，但没什么用。他光是坐在那里就让我抓狂。我灵光一现。“但丁给了我两本书，”我说，“你想看哪本？我看另外那本。”

他选了《战争与和平》。

我可以看《愤怒的葡萄》。

结果不赖，我和爸爸坐在病房里，各自看书。

我的腿痒得要命。

有时候，我只能大口呼吸。

看书有所帮助。

有时候，我知道爸爸在观察我。

他问我是不是还在做噩梦。

“是的，现在我会梦到找自己的腿。”

“你会找到的。”他说。

妈妈从来没有提起过那天我说的关于哥哥的话题。她假装那场对话没有发生过。我不知道自己对此作何感想。这么做的一个好处是，她没再逼我说话。但是，她一直陪着我，随时确定我是否舒服。

我不舒服。有谁两条腿打着石膏还觉得舒服？我做什么事都需要帮助。我已经受够了便盆，也厌倦了轮椅。轮椅成了我最好的朋友。妈妈也成了我最好的朋友，她快把我逼疯了。“妈妈，你在围着我转。你在逼我说脏话，真的。”我说。

“你敢在我面前说脏话试试。”

“妈妈，我发誓，如果你不停下来，我就会说。”

“你一直在扮演什么聪明人的角色呢？”

“妈妈，不是什么角色。我没在演戏。”我绝望地说，“妈妈，我的腿很疼，不疼的时候就痒。他们停了吗啡——”

“这是好事。”妈妈打断我的话。

“是呀，好吧，妈妈。我们不能让一个小‘瘾君子’到处乱跑，不是吗？”说得我好像可以到处乱跑似的，“见鬼。妈妈，我只想一个人待着。你同意吗？我只是想一个人待着，行吗？”

“好的。”她说。

这之后她给了我更多空间。

但丁再也没来看过我。他一天打两次电话来，只问声好。他得了流感，我为他感到难过。他的声音听起来很糟糕。他说他会做噩梦，我说我也做梦。一天，他打电话来说：“阿里，我想对你说几句话。”

“说吧。”我说。

可他什么也没说。

“怎么了？”我问。

“没事，没什么事。”

我觉得一定有什么大事。“好吧。”我说。

“我希望我们能再一起游泳。”

“我也是。”我说。

我很高兴他打电话来，但我也很高兴他不能来看我。我不知道为什么。我会莫名地这样想：现在，我的生活将会不一样。我一直对自己重复这句话。我想知道失去双腿会怎么样。从某种意义上说，我已经失去了它们。不是永远失去，只是暂时性的。

我试着用拐杖，但完全用不了。妈妈和护士都提醒过我。我想我只是想亲自证明一下。我的双腿完全伸不直，左臂也打着石膏。

做每件事都很困难。对我来说最糟糕的是，我必须使用便盆。我猜你会说我觉得这很丢脸。事实的确如此。我甚至无法洗澡，我的两只手都没法儿用。但好在我的手指都还能动，我猜的。

我开始练习伸着腿坐轮椅。我给轮椅起名儿叫菲德尔。

查尔斯医生最后一次来查看我的情况。

“你考虑过我说的话吗？”

“嗯。”我说。

“结果呢？”

“我认为你当外科医生是个非常明智的决定，你会是个糟糕的心理治疗师。”

“你一直这么自以为是？”

“一直如此。”

“好吧，你可以回家了，在那儿继续自以为是吧，怎么样？”

我想拥抱他，我太开心了。不过，我只开心了大约十秒钟，就变得非常焦虑。

我给妈妈上了一课："我们回家后，你不能围着我转。"

"为什么要立这些规矩，阿里？"

"不许围着我转，就这一条。"

"你会需要帮助的。"她说。

"但我也需要一个人待着。"

她笑着说："老大哥在看着你。[1]"

我也朝她笑了笑。

哪怕我讨厌妈妈的时候，也还是爱着她。我想知道十五岁的男孩爱妈妈是不是正常现象。也许是，也许不是。

我还记得我是怎么上的车。我不得不在后座伸长四肢。把我弄进车里费了好大的劲，幸好爸爸身强力壮。爸妈怕弄伤我，所以太过小心翼翼，使整个过程艰难而漫长。

大家在车里一言不发。

我朝车窗外看去，四下寻找鸟的踪迹。

我想闭上眼睛，任由沉默将我吞噬殆尽。

---

[1] 这句话出自乔治·奥威尔的小说《1984》。

第六章

我回家的第二天早上，妈妈帮我洗头。“你的头发真漂亮。”她说。

“我可能会留长头发。”我说，就好像我有选择权一样。去理发店简直是一场噩梦。

她帮我用海绵洗澡。

我闭上眼睛，一动不动。

她还帮我刮了胡子。

她离开房间时，我忍不住抽泣起来。我从没这么伤心过。我从没这么伤心过。我从没这么伤心过。

我的心比我的腿还疼。

我知道妈妈听见我抽泣了。她十分得体地让我一个人哭泣。

一天中的大部分时间，我都在盯着窗外。我练习推着轮椅在房子里走动。妈妈一直在重新摆放各种东西，让我行动更方便。

我们经常朝对方微笑。

“你可以看电视。”她说。

“那样脑袋会生锈的，我有书。”

“你喜欢读书吗？”

“嗯。有点儿难读懂，不是说文字，你知道我在说什么。我想世界上并不只有墨西哥人是穷人。”

我们看着对方，并没有笑，但我们心里都在朝对方微笑。

两个姐姐回家吃饭了。我的外甥和外甥女们在石膏上签下了他们的大名。我觉得我一直在笑，大家都在说说笑笑，一切看起来很正常。我为爸妈感到高兴，因为我觉得是我让这个家伤心了。

姐姐们走后，我问爸爸我们能不能到门廊坐坐。

我坐在菲德尔上，爸爸和妈妈坐在户外摇椅上。

我们一起喝咖啡。

爸爸和妈妈手牵着手。我想知道牵着一个人的手是什么感觉。我敢打赌，有时候能在一个人的手里找到宇宙的所有秘密。

第七章

这是个多雨的夏天。每天下午，当乌云像一群乌鸦一样聚集起来时，雨就会从天而降。我爱上了雷声。我读完了《愤怒的葡萄》，接着读《战争与和平》。我决定要读完欧内斯特·海明威的所有书，爸爸则决定把我读过的书都读一遍，也许这就是我们交流的方式。

但丁每天都来探望我。

大多数时候都是我听但丁说话。他决定大声为我朗读《太阳照常升起》。我不想跟他发生争执。我根本拗不过但丁·昆塔纳。于是，他每天都为我朗读一章，然后我们就此展开讨论。

“这是一本悲伤的书。”我说。

“是的，这就是你喜欢它的原因。”

“是的，完全正确。”

他从来没有问过我对他的素描有什么看法，我对此感到很高兴。我把他的素描本放在床底下，拒绝看哪怕一眼。我想我在惩罚但丁。他把自己从未示人的一部分给了我，而我连看都懒得看一眼。我为什么要这么做?

一天，他突然说他终于去看心理医生了。

我希望他不要告诉我任何有关他的心理咨询的事。他没有说。

我很高兴。但我又有点儿生气他什么都没说。好吧，我当时很情绪化，反复无常。是的，我就是这样的人。

但丁一直看着我。

“怎么了？”

“你会去吗？”

“去哪儿？”

“去看心理医生，笨蛋。”

“不会。”

“不会？”

我看向我的腿。

我知道他又想说“对不起”。但他没有。

“有用的，”他说，“去看心理医生是有用的。没那么糟糕，真的有用。”

“你要回家了吗？”

“也许吧。”

我点了点头：“聊天儿并不能帮到每个人。”

但丁笑道：“你怎么知道？”

我也笑道：“是呀，我怎么知道？”

第八章

一天早上，但丁来了，不知道怎么回事，他决定帮我用海绵洗澡。“可以吗？”他问。

“这通常是我妈妈的工作。”我说。

“她说没问题。”他说。

“你问过她了？”

“是的。”

“哦，不过，这真的是她的工作。”我说。

“你爸爸呢？他从不给你洗澡？”

“从不。”

“给你刮胡子呢？”

“也不。我不想让他做这些。”

“为什么？”

“我就是不想。”

他沉默片刻，说：“我不会让你受伤的。”

你已经伤害了我。我想这么说。我脑子里想的都是这些。我想用这些话打击他。这些话很刻薄。我很刻薄。

“让我来吧。”他说。

我没有叫他滚开，而是答应了。

妈妈给我洗澡、刮胡子的时候，我会乖乖听话。我会闭上眼睛，想着我正在看的书中的人物。不知怎的，这能让我熬过来。

我闭上眼睛。

我能感觉到但丁放在我肩膀上的手，温热的水，肥皂和洗澡巾。

但丁的手比妈妈的手大，也更软。他的动作很慢，有条不紊，小心翼翼，让我觉得自己像易碎的瓷器。

我一直没有睁开眼睛。

我们没有说一个字。

我感觉到他的手抚过我的胸膛和脊背。

我让他给我刮胡子。

他帮我洗完澡，我睁开眼睛。我看见泪水从他的脸颊上滑落。我早该料到会如此。我真想冲他大喊大叫。我想告诉他，我才是应该哭的那个人。

虽然但丁脸上的表情让他看起来像个天使，但是我只想一拳打穿他的下巴。我无法忍受自己的残忍。

第九章

那场意外发生三周零两天后，我去医生的办公室换新的石膏，拍 X 光片。爸爸为此请了一天假。在去医生办公室的路上，爸爸不停地说话，表现得非常奇怪。“8 月 30 日。”爸爸说。

好吧，那天是我生日。

“我想你也许会想要一辆车。”

一辆车。见鬼。“想要，”我说，“但我不会开车。”

“你可以学。”

“你说过不希望我开车。”

“我从没那么说过，是你妈妈说的。”

我坐在后座，看不见妈妈的脸，也没法儿让身体前倾。“那妈妈是怎么想的？”我问。

“你是说你妈妈这个独裁者？”

“是的，就是她。”我说。

我们都大笑起来。

“你是怎么想的，阿里？”爸爸的声音听起来像个孩子。

“我想我会喜欢那种底盘低的车。”

妈妈平静地说：“等我死了再说。”

我完全失控了。我想我可能连续笑了五分钟。爸爸也乐不可支。“好吧，”我最后说，“你是认真的吗？”

“认真的。”

“我想要一辆旧皮卡。”

爸爸和妈妈对视一眼。

“这我们能办到。”妈妈说。

“我只有两个问题。第一个，你给我买车是因为我走不了路，你感到很难过吗？”

妈妈早已准备好回答这个问题：“不，你只是还有三四周走不了路。然后你再做一些理疗，就没事了。你不会变成残疾人，你只会变回那个让人讨厌的人。”

妈妈从不骂人。这是件严肃的事。

“你的第二个问题是什么？”

“你们俩谁来教我开车？”

他们异口同声地回答：“我。”

我想我应该让他俩决出胜负。

第十章

我讨厌住在空间狭小、幽闭的房子里，那里感觉不像家。我觉得自己像个不速之客。我讨厌被人服侍的感觉。我讨厌爸妈如此耐心地对待我。我真的很讨厌这样。事实如此。他们没有做错任何事，他们只是想帮我。但我讨厌他们。我也讨厌但丁。

我还讨厌自己讨厌他们。这就是我的恶性循环，我的讨厌的世界。

我以为这种厌恶永远不会结束。

我以为我的生活再也不会变好。但新石膏让我感觉好起来了。我能屈膝了。我又用了菲德尔一周。然后，我手臂上的石膏被拆掉，我能用拐杖了。我让爸爸把菲德尔放进地下室，这样我就再也不用看见这把愚蠢的轮椅了。

我可以用自己的两只手洗澡了。我拿出日记本，写下这句话：我洗了个澡！

我几乎欢欣雀跃起来。我，阿里，几乎欢欣雀跃起来。

“你的笑容回来了。”但丁是这么说的。

“笑容就是这样来来去去。”

我的手臂有点儿酸疼，理疗师让我做了些锻炼。看看我，我能移动手臂了。看看我。

一天我醒来后，走进浴室，盯着镜子里的自己。你是谁？我走向厨房。妈妈正在那里一边喝咖啡，一边看她的新学年课程安排。

“妈妈，你在规划未来？”

“我喜欢有备无患。”

我在她的对面坐下，说：“你是个优秀的女童军。”

“你讨厌我这样，不是吗？”

“你为什么这么说？”

“你讨厌所有那些事，讨厌童子军那一套。”

“是爸爸非让我去的。”

“你准备好回学校了吗？”

我举起拐杖：“是的，我可以天天穿短裤。”

她给我倒了一杯咖啡，用手指梳理着我的头发。“你想剪头发吗？”她问。

“不。我喜欢现在这样。”

她笑着说：“我也喜欢。”

我们一起喝咖啡，我和妈妈两个人。我们没怎么说话。大部分时间我都在看着她翻看文件。晨光穿过厨房。这时候她看起来很年轻。我觉得她真的很漂亮。她真的很漂亮。我羡慕她。她一直清楚自己是谁。

我想问她，妈妈，我什么时候才会知道自己是谁？但我没有开口。

我拄着拐杖回到房间，拿出日记本。我一直在逃避写日记。我想我害怕自己把所有的愤怒发泄到纸上。我不想面对自己的满腔怒火。这是一种不一样的痛苦。这是一种我无法忍受的痛苦。我尽量不去想它。我下笔写道：

——还有五天就开学了。高三[1]。我想我得拄着拐杖去学校了。所有人都会注意到我。见鬼。

——我想象自己开着皮卡，听着灰狼一族合唱团的歌，沿着沙漠公路行驶，周围没有任何人。我想象自己躺在皮卡后面的床上，仰望着星空。没有光污染。

——新一次的理疗即将开始。医生说游泳很有用。游泳会让我想起但丁。见鬼。

——等我好了，我就开始举重。地下室里有爸爸的旧哑铃。

——但丁一周后就要走了，我很高兴。我需要和他分开。我讨厌他每天因为心情不好就过来找我。我不知道我们还能不能再做朋友。

——我想养只狗。我想每天去遛狗。

——每天都散步！我很喜欢这个想法。

——我不知道我是谁。

——我真正想要的生日礼物是：有人说说我哥哥的事。我想在家里的墙上看见他的照片。

——不知为何，我希望就在这个暑假，我能发现自己是活着的。我希望爸妈说的那个世界就在外面等着我。但那个世界其实并不存在。

[1] 美国高中是四年制。

那天晚上，但丁来了。我们一起坐在门廊的台阶上。

他伸出他的手臂，就是那只在这次意外中断掉的手臂。

我伸出我的手臂，就是那只在这次意外中断掉的手臂。

“完全康复。”他说。

我们都笑起来。

“东西坏了可以修复。”说着他又伸出手臂，“恢复如新。”

“也许并不像新的那么好，”我说，“但还是很好。”

他的脸已经好了。在傍晚的光线下，他又变得完美无缺。

“我今天去游泳了。”他说。

“怎么样？”

“我喜欢游泳。”

“我知道。”我说。

“我喜欢游泳。”他重复道。他沉默了一会儿，然后继续说：“我喜欢游泳——还有你。”

我什么都没说。

“游泳和你，阿里。这是我最喜欢的。”

“你不应该这么说。”我说。

“这是事实。”

“我没说这不是事实，我只是说你不应该说出来。”

“为什么？”

“但丁，我不——”

“你不用说什么。我知道我们不一样。我们不是同一类人。”

“是的，我们不是同一类人。”

我知道他在说什么，我真希望他不是这样的人，不会大声说出一些事情。我只是不停地点头。

“你讨厌我吗？”

我不知道发生了什么。那场意外之后，我对所有人都很生气，讨厌所有人，讨厌但丁，讨厌爸妈，也讨厌我自己。但这一刻，我知道我并不是真的讨厌所有人。不是真的。我一点儿也不讨厌但丁。我不知道怎么和他做朋友。我不知道怎么和别人做朋友。但这并不意味着我讨厌他。“不，”我说，“我不讨厌你，但丁。”

我们就那么坐着，一言不发。

“我们会成为朋友吗？我是说等我从芝加哥回来的时候。”

“会的。”我说。

“真的？”

“真的。”

“你发誓？”

我看着他那张完美的脸说：“我发誓。”

他笑了。他没有哭。

第十一章

但丁和他爸妈在去芝加哥的前一天来我家做客。妈妈们一起做饭。毫无意外，她俩相处得很融洽。她俩在某些方面很相似。而昆塔纳先生和我爸爸也相处得那么融洽，真是让我大吃一惊。他俩坐在客厅里喝啤酒，谈论政治。我猜他俩在一些事情上的意见或多或少地一致。

我和但丁则去门廊打发时间。

不知为何，我俩都喜欢待在门廊。

我们没怎么聊天儿，我想我们真的不知道该对彼此说些什么。这时我的脑海里冒出一个想法。我摆弄着我的拐杖，问：“你的素描本在我的床底下，你能帮我把它拿出来吗？”

但丁有些犹豫，但最后还是点了点头。

他走进屋子，我等着他。

他回来了，把素描本递给我。

“我有件事要向你坦白。”我说。

“什么？”

“我没看它。”

他没说什么。

“我们能一起看吗？”我问。

他仍然没说什么，于是我翻开素描本。第一幅是自画像，画中的他正在看书。第二幅画的是他的爸爸，也在看书。接下来一幅又是他的自画像，只画了面部。

“这幅画里的你看起来有点儿悲伤。”

“也许我那天有点儿难过。”

“你现在难过吗？”

他没有回答这个问题。

我翻到下一页，看见了以我为主角的素描。我什么也没说。他来我家那天给我画了五六张素描。我仔细研究它们。他画得很用心，一点儿也不马虎。它们栩栩如生，是精心描摹的结果，完全反映出他的心情。天然去雕饰。

我翻看素描时，但丁没有说一句话。

“它们很诚实。”我说。

“诚实？”

“诚实又真实。有一天，你会成为一个伟大的艺术家。”

“有一天。”他说，“听着，你没必要留着这本素描。”

“你把它给了我，它就是我的。”

说完这些话，我们又静静地坐着。

那天晚上我们没有真正地道别。不算真的道别。昆塔纳先生吻了吻我的脸颊，这是他的风格。昆塔纳太太把手放在我的下巴上，把我的头抬起来。她看着我的眼睛，仿佛想提醒我那天她在医院里说过的话。

但丁抱了抱我。

我也抱了抱他。

“过几个月见。”他说。

“嗯。”我说。

“我会给你写信的。”他说。

我知道他会。

我不知道我会不会回信。

他们离开后，我和爸妈坐在门廊前。天开始下雨，我们就这么坐着，默默地看雨。我总是看见但丁站在雨中捧着一只断了翅膀的鸟。我不知道他有没有笑。如果他失去笑容会怎么样？

我咬紧嘴唇，这样就不会哭出来。

“我喜欢下雨。”妈妈低声说。

我也喜欢。我也喜欢。

我觉得自己是全宇宙最悲伤的男孩。夏天来了又走，来了又走。世界末日终将来临。

写在纸上的信

有些话我永远也不会写。

第一章

1987 年，奥斯汀高中开学第一天。“你怎么了，阿里？”我用一个词来回答这个问题。“意外。”午饭时间，吉娜·纳瓦罗跟我打招呼时问：“意外？”

“是的。”我说。

“这不算回答。”

吉娜·纳瓦罗总觉得自己有权对我刨根问底，因为她从高一就认识我。我最了解吉娜的一点就是，她不喜欢简单的答案。生活很复杂。这是她的座右铭。该说什么？说点儿什么？于是，我什么也没说，只是看着她。

“阿里，你永远也不会改变，是吗？”

“你高估了改变的力量。”

“不像你想的那样。”

“嗯，不像我想的那样。”

“我不知道我是不是喜欢你，阿里。”

“我也不知道我是不是喜欢你，吉娜。”

“好吧，并不是所有的关系都建立在喜欢的基础上。”

“我也是这样想的。”

“听着，我几乎是唯一一个和你保持长期友谊的人。”

“你这么说让我很郁闷，吉娜。”

“别因为你自己的忧郁来责怪我。”

“忧郁？”

“好好想想吧。你总是郁郁寡欢，这怪不得别人，只能怪你自己。你看看你自己，怎么会不抑郁？你简直一团糟。”

“我一团糟？哪儿凉快哪儿待着去，吉娜。别来烦我。”

“这就是你的问题。你太喜欢一个人待着，需要太多‘阿里时间’。你得多跟别人聊聊天儿。”

“我不想。”我知道她不会就这么住口。

“嘿，告诉我发生了什么吧。”

“我已经告诉过你了，就是个意外。”

“什么样的意外？”

“很复杂。”

“你在嘲笑我。”

“被你发现了。”

“你是个浑蛋。”

“我就是。”

“你就是。”

“你快烦死我了。”

“你应该感谢我，至少我还跟你说话，你是全校最不受欢迎的家伙。”

我指了指查理·埃斯科韦多，他正从食堂走出来。“不，那才是全校最不受欢迎的家伙。我甚至连第二名都排不上。”我说。

这时，苏茜·伯德走过来，坐在了吉娜旁边。她盯着我的拐杖："怎么了？"

"意外。"

"意外？"

"他是这么说的。"

"什么意外？"

"他不说。"

"我猜你们俩并不需要我加入对话，是吗？"

吉娜很生气。我上一次看到她这副表情时，她朝我扔了石头。"跟我们说说。"她说。

"好吧，"我说，"事情发生在一场暴风雨之后。还记得下冰雹的那个下午吗？"

她俩点点头。

"就是那天。嗯，有个家伙站在马路中间，一辆车开过来了，我冲过去把他推开，救了他的命。车从我的腿上碾了过去。整件事就是这样。"

"你在胡扯。"吉娜说。

"这是真的。"我说。

"你指望我相信你是个英雄？"

"你又要朝我扔石头？"

"你就是在胡扯。"苏茜说，"你说的那个被你救了的家伙是谁？"

"我不知道，就是一个家伙。"

"他叫什么？"

我顿了一会儿才回答："我想他的名字是但丁。"

“但丁？他的名字是这个？你想让我们相信这个？”吉娜和苏茜对视一眼：这家伙真是胡言乱语。她们一边摆出那副表情，一边站起来走了。

那天剩余的时间我一直在笑。有时候，你要做的就是把真相告诉别人。他们不会相信你。然后他们会放过你。

第二章

今天的最后一节课是布洛克尔先生的英语课。他是一位新老师，刚从教育院校毕业，脸上总挂着笑，充满热情。他仍然认为高中生很好相处。他其实一点儿也不了解我们。但丁会喜欢他的。

他想了解我们。他当然想。我总是为新老师感到难过。他们经常用力过猛，让我感到尴尬。

布洛克尔先生做的第一件事，就是让我们说说暑假里发生在我们身上的一件有趣的事。我一直很讨厌这套狗屁破冰理论。我决定向妈妈请教有关老师和破冰游戏的事。

吉娜·纳瓦罗、苏茜·伯德和查理·埃斯科韦多和我一个班。我不喜欢这个事实。这三个人总是问我一些我不想回答的问题。他们想了解我，可我没兴趣被人了解。我想买件上面写着“我不可知”的T恤，但这只会让吉娜·纳瓦罗问更多的问题。

这就是我的处境——与喜欢提问的吉娜、苏茜、查理和新老师困在一个班里。我心不在焉地听每个人讲述各自遇到的趣事。约翰尼·阿尔瓦雷斯说他学会了开车，费利佩·卡尔德龙说他去洛杉矶看望了他的表兄弟，苏茜·伯德说她参加了在首府奥斯汀市举办的“女孩州”活动[1]，卡洛斯·加利纳声称体验了“第一次”。大家哄堂大笑。她是谁？她是谁？随后，布洛克尔先生不得不制定了一些规则。我决定退出游戏。我是个优秀的空想家。我开始想象生日那天会得到的那辆皮卡，想象自己驾车行驶在一条土路上，蓝蓝的天上飘着白云，车里放着 U2 乐队[2]的歌。就在这时，我听见了布洛克尔先生的声音。

“门多萨先生？”他至少说对了我的名字。我抬头看向布洛克尔先生。

“你在听吗？”

“是的，先生。”我说。

这时我听见吉娜大声说：“他身上从没发生过什么有趣的事。”大家再次哈哈大笑。

“这是真的。”我说。

我以为布洛克尔先生会放过我，让其他人继续说，可是他没有。他就那么等着我说些什么。

“一件有趣的事？吉娜说得对，”我说，“这个暑假没发生什么有趣的事。”

“没有？”

“在一次意外事故中摔断了腿，我想这算是有趣的事吧。”我点了点头，但我真的觉得很不舒服，于是我决定像其他人一样自作聪明。“哦，”我说，“我以前从没试过吗啡。这很有趣。”大家都

[1] 美国退伍军人协会赞助的针对高中学生的提升领导力和公民意识的暑期活动。男女生分别参加“男孩州”和“女孩州”活动。

[2] 爱尔兰摇滚乐队。

笑起来。尤其是查理·埃斯科韦多，他致力于尝试任何可以改变情绪的东西。

布洛克尔先生笑着说：“你一定很疼。”

“嗯。”我说。

“你没事了吧，阿里？”

“是的。”我讨厌这场对话。

“还很疼吗？”

“不疼了。”我说。我撒了个小谎，真正的答案更长、更复杂。吉娜·纳瓦罗说得没错，生活的确很复杂。

第三章

我拿起日记本翻了翻，仔细研究我的字迹。我的字写得很糟糕，除了我自己没人能看懂。这是好事，并不是所有人都想看我的日记。我决定写点儿什么。我写道：

这个暑假我学会了游泳。不，不是这样。有人教我。但丁。

我撕掉了这一页。

第四章

"开学第一天你会和学生一起做破冰游戏吗？"

"是的。"

"为什么？"

"我想了解我的学生。"

"为什么？"

"因为我是老师。"

"你拿工资，为政府上课。《宪法》第一、第二和第三修正案都是这么说的。你为什么不直接开始上课？"

"我教学生。学生是人，阿里。"

"我们没那么有趣。"

"你们比你们以为的有趣。"

"我们很难相处。"

"这是你们的部分魅力所在。"妈妈露出一种有趣的表情，我熟悉这种表情。妈妈有时会露出这种介于讽刺和真诚之间的表情。这是她的部分魅力所在。

第五章

开学第二天。一切正常，除了放学后我等妈妈时，有个叫伊利安娜的女孩朝我走来。她拿出一支记号笔，在我的一个石膏上写下了她的名字。

她看着我的眼睛。我想看向别处。但我没有。

她的眼睛就像沙漠里的夜空。

她的身体里好像有一个完整的世界。而我对那个世界一无所知。

第六章

1957 年的雪佛兰皮卡。樱桃红的车身，铬合金挡泥板和轮毂盖，白边轮胎，这是世界上最漂亮的皮卡。它是我的。

我记得我看着爸爸的黑眼睛，轻轻说了声："谢谢。"

我觉得自己很蠢，没有充分表达出自己的感激之情，于是我拥抱了他。真差劲。但那句谢谢和拥抱都出于我的真心。我真的很想这么做。

一辆真正的皮卡。一辆真正属于阿里的皮卡。

我没得到的是：在家里的墙上挂出哥哥的照片。

人并非总能得偿所愿。

我坐在车里，强迫自己重新融入派对。我讨厌派对，连那些为我举办的也不例外。那种时候，我想把车开到宽阔的公路上，我的身旁就坐着我的哥哥，还有但丁。我的哥哥和但丁，我的派对有他俩就够了。

我想我是想但丁了，尽管我努力不想他。当你努力不想某件事的时候，反而会想得更多。

但丁。

不知为什么，我想起了伊利安娜。

第七章

每天我都早早起床，一瘸一拐地走向停在车库里的皮卡。我把车开上车道，迫不及待地想去发现整个宇宙。似乎只要坐在驾驶席上，一切都有可能发生。这种乐观的感觉很奇特，同时又很美妙。

打开收音机，静静地坐在驾驶席上，这就是我的祈祷。

一天早上，妈妈出来给我拍了张照片。“你想去哪儿？”她问。

“学校。”我回答。

“不，”她说，“我指的不是这个。你第一次开这辆车，你准备开去哪里？”

“沙漠。”我说。我没告诉她我想去看漫天的星星。

“你一个人？”

“是的。”我说。

我知道她想问我在学校有没有交新朋友。但她没有问。她的目光落在我的石膏上。“伊利安娜是谁？”她问。

“一个女孩。”

“她漂亮吗？”

“对我来说太漂亮了，妈妈。”

“傻小子。”

“嗯，傻小子。”

那天晚上我做了个噩梦。梦里，我开着皮卡行驶在路上，伊利安娜就坐在我旁边。我看了看她，朝她笑了笑。我没看见但丁正站在马路中间。我停不下来。我停不下来！醒来时，我发现自己全身都汗湿了。

早上，我坐在皮卡里喝咖啡时，妈妈从家里走出来。她坐在门廊的台阶上，拍了拍身旁的位置，看着我笨拙地从车上下来。她已经不再围着我转了。

我朝她走去，挨着她坐下。

“下周就可以拆石膏了。”她说。

我笑着说：“是呀。”

“然后是物理治疗。”她说。

“然后是驾驶课。”我说。

“你爸爸很期待教你。”

“你扔硬币输了？”

她大笑：“对他有点儿耐心，好吗？”

“没问题，妈妈。”我知道她想跟我说点儿别的。我一直都知道。

“你想但丁？”

我看着她说：“我不知道。”

“你怎么会不知道？”

“妈妈，你看，但丁，他很像你。我是说，他有时候也会围着我转。”

她没有说话。

“我喜欢一个人待着，妈妈。我知道你不理解我，但我就是喜欢这样。”

她点了点头，好像真的在听我说话。“你昨晚在叫他的名字。”她说。

“哦，”我说，“只是做梦。”

“噩梦？”

“是的。”

“你想聊聊吗？”

“不太想。”

她推了推我，就是那种妈妈式的幽默一推。

“妈妈，你做过噩梦吗？”

“不常做。”

“不像我和爸爸。”

“你和你爸爸，都有自己的仗要打。”

“也许吧。我讨厌我的梦。”我能感觉到妈妈在听我说话。她一直在我身边。我讨厌她这样，但又很爱她。“我在开车，天下着雨。我没看见他站在马路中间。我没法儿停下来。我停不下来。”

“但丁？”

“是的。”

她紧紧地搂着我的手臂。

“妈妈，有时候我真希望自己会抽烟。”

“这样的话，我会把皮卡弄走。”

“嗯，至少我知道了如果我不守规矩，会受到什么惩罚。”

“你觉得我很严厉吗？”

“我觉得你很严厉，有时候过于严厉。”

“对不起。”

“不，你没做错什么。”我握紧拐杖，“总有一天，我会违反你的规矩，妈妈。”

“我知道。”她说，“别让我发现，好吗？”

“我尽量，妈妈。”

我俩不禁哈哈大笑，就像我和但丁之前那样。

“你做了噩梦，我很难过，阿里。”

“爸爸听见了吗？”

“是的。”

“对不起。”

“你没法儿控制自己做什么梦。”

“我知道。我不是故意要撞他的。”

“你不是的，那只是个梦。”

我没有告诉她，我当时走神儿了。我开车的时候在看着一个女孩，因此才撞上但丁。我没有告诉她。

第八章

一天之内收到两封但丁的信。我放学回家的时候，它们就在我的床上。我讨厌妈妈知道这些信的存在。真蠢。为什么呢？隐私。就是这样，我是一个没有隐私的家伙。

亲爱的阿里：

好吧，我真的有点儿爱上芝加哥了。我有时候会搭地铁，在脑海里编织一些搭地铁的人的故事。这里的黑人比埃尔帕索多，我很喜欢。这里有很多爱尔兰人和东欧人，当然也有墨西哥人。墨西哥人到处都是。我们像麻雀一样。我还是不确定自己是不是墨西哥人。我觉得我不是。我是谁，阿里？

我不被允许晚上搭地铁。重复一遍：我不被允许。

爸妈总觉得会有不好的事情发生在我身上。我不知道那次意外发生前他们是不是也这样想。于是我对我爸说："爸爸，汽车不可能越过地铁碾我的屁股。"我那个面对大多数事情都很酷的爸爸只是冷冷地对我说："晚上不许搭地铁。"

我爸爸喜欢这里的工作。他只需要教一个班，再准备一堂主题讲座。我觉得他在写关于后现代主义诗歌的东西。我肯定会和妈妈一起去听讲座的。我爱我爸爸，但我对他的学术研究不怎么感兴趣，里面分析性的内容太多了。难道不该因为喜欢才去看一本书吗？

我妈妈正在利用这个机会写一本有关上瘾和年轻人的书。她的大部分客户都是青少年瘾君子。不过，她不经常谈论她的工作。她最近在图书馆花了很多时间，我觉得她真的乐在其中。我爸妈都是书呆子。我喜欢他们这样。

我交了些朋友，他们都挺不错的。我觉得他们很不一样，大多是哥特风格的爱好者。我参加了一个派对，喝了第一杯啤酒。好啦，其实喝了三杯。我有点儿醉，但不是很醉，只是有一点点。我不知道我喜不喜欢啤酒。我在想，等我老了，我要喝葡萄酒。我说的不是那种便宜货。我觉得自己没有自命不凡，但我妈妈说我有独生子女综合征。我想这是她瞎编的。这到底是谁的错？谁阻止他们再要个小孩了？

我听到我爸妈聊天儿。他们已经决定，即使我爸爸获得这里的工作邀请也会拒绝。“对但丁来说，这儿不是个好地方。”他们已经决定了。当然，他们不会征求我的意见。当然不会。听听但丁的意见怎么样？但丁喜欢维护自己。是的，他的确会这么做。

我不想让我爸妈在我周围搭建他们的世界。总有一天我会让他们失望，到时候怎么办？

阿里，我很想念埃尔帕索。我们刚搬到那里的时候，我很讨厌那里。但现在我一直在想埃尔帕索。

我也会想起你。

永远的朋友

但丁

附言：我几乎每天放学后都会去游泳。我剪短了头发，真的很短。短发适合游泳。如果你每天都游泳，长发真的很不舒服，不知道我之前为什么会留长发。

亲爱的阿里：

这里的每个人都举办派对。我爸爸认为我能收到邀请是件好事，但很难猜到我妈妈是怎么想的。我知道她在盯着我，她说上次派对结束后我的衣服闻起来有烟味。“有人抽烟，”我说，“不可避免。”我又见到了那副一言难尽的表情。

周五晚上我参加了一个派对。派对上自然有酒。我喝了杯啤酒，现在可以肯定啤酒不适合我了。我喜欢伏特加和橙汁。阿里，派对上有很多人。很神奇。我们就像蟑螂一样挤在一起！你稍微动一下就会撞到人。于是，我到处走动，和大家聊天儿，我玩得很开心。

后来，我开始跟一个女孩聊天儿。她叫埃玛，长得很漂亮，聪明又友好。我们在厨房聊天儿，她说她喜欢我的名字。突然，她靠过来吻我。我想你可以说我回吻了她。她尝起来就像薄荷和香烟混合的味道，阿里，感觉很好。

她喜欢摸我的脸，说我很漂亮。从来没人说过我漂亮，除了我爸妈。

我们一起去了外面。

她给了我她的电话号码。

我不知道该怎么办。

你的朋友
但丁

第九章

我试着想象但丁剪短头发的模样，他亲吻女孩的模样。但丁很复杂，吉娜会喜欢但丁的，但我并不准备介绍他们认识。

我躺在床上，想着给他回信。结果，我却坐下来开始写日记。

亲吻女孩是什么感觉？确切地说是亲吻伊利安娜。她的味道不会像香烟。亲吻一个女孩时，她会是什么味道？

我放下笔，试着去想别的事情。我想起我不想写的那篇关于大萧条的愚蠢文章，查理·埃斯科韦多的邀请，但丁亲吻了一个女孩，然后我想到了伊利安娜。也许她尝起来会像香烟。也许她抽烟。我对她一无所知。

我坐在床上。不，不，不。不要想亲吻的事。不知道为什么，我觉得很难过。然后我开始想我的哥哥。每次我难过的时候，就会想起他。

也许我内心深处总想着他。有时候，我会发现自己拼出了他的名字：贝，尔，纳，多。我的脑子在做什么，未经我的允许就拼出了他的名字？

有时候，我觉得自己并不知道自己真正在想什么。这没什么大不了，但对我来说意义重大。我觉得我们之所以会做梦，是因为我们在想一些我们不知道自己在想的事情，这些事情会在我们的梦里偷偷溜出来。也许我们就像充了太多气的轮胎，多余的气必须漏出来，于是就有了梦。

现在回想起来，我做过一个关于哥哥的梦。在梦里，我四岁，他十五岁，我们在散步。他握着我的手，我抬头看着他，很高兴。这是个美好的梦，梦里的天空湛蓝澄净。

也许这个梦来自记忆。梦不是凭空而来的，总是有迹可循。我想，也许当我长大到可以真正选择自己想要研究的东西时，我会研究梦，而绝对不想研究亚历山大·汉密尔顿。是的，我也许会研究梦及其起源。弗洛伊德[1]。也许我会写一篇关于西格蒙得·弗洛伊德的论文。那样的话，我就会有领先优势。

也许我会帮助那些做噩梦的人，让他们不再做噩梦。我想我愿意做这件事。

---

[1] 西格蒙得·弗洛伊德，奥地利心理学家、精神病医师。

第十章

我决定想办法和伊利安娜·特列斯接吻。什么时候？在哪里？她和我没有一堂课是在一起上的。我几乎见不到她。

我要找到她的储物柜。这就是我的计划。

第十一章

从医院回来的路上，妈妈问我有没有给但丁回信。

“还没有。”

“我觉得你应该给他回封信。”

“妈妈，我是你的儿子，不是意见箱。”

她看了我一眼。

“好好看路。”我说。

回到家，我拿出日记本，写下这些话：

如果梦不是凭空而来的，那么我梦见撞到但丁是什么意思？我反复做这个梦又是什么意思？这两次我都是在盯着伊利安娜的时候撞到但丁的。好吧，情况不妙。

多余的气正在漏出来。

我不愿意想这些。

我要么回想做过的有关哥哥的梦，要么回想做过的有关但丁的梦。

这就是我的选择？

我想我应该有自己的生活。

第十二章

当我回想有关哥哥的梦的时候，我想起我在四岁时见过他最后一面，所以我的梦和生活有直接联系，他就是在那时出的事。我四岁，他十五岁。就在那时，他犯了事。所以，现在他在拘留所。不是拘留所，是监狱，两者有区别。我舅舅有时会因为喝醉酒进拘留所，这会让妈妈非常不高兴。但是他很快就会被放出来，因为他没有酒驾，他只是会去一些愚蠢的地方，变得有点儿好斗。如果好斗这个词之前没有被发明出来，那么就会在我舅舅喝醉时被发明出来。但总有人把他保释出来。而一旦进了监狱，就不存在什么保释的事。你没法儿很快出来。监狱是一个会把你关很长时间的地方。

我哥哥就在那里——监狱。

我不知道他被关在联邦监狱还是州立监狱。我不知道为什么一个人会被关进其中一所监狱。学校没有教过我们这些。

我要找出哥哥被关进监狱的原因。这是个研究项目，我已经考虑过了。我想了又想。报纸，他们不是把旧报纸收起来了吗？

如果但丁在，他会帮我。他很聪明，知道该怎么做。

我不需要但丁。

我自己就能做。

第十三章

亲爱的阿里：

希望你已经收到了我的信。好吧，这是个客套的开始。你当然已经收到了我的信。我不准备分析你为什么还没给我回信。好吧，也不完全是这样。我已经分析过我游泳回来的时候为什么没有一封信在等着我。我不会浪费时间把我晚上睡不着时想到的理由认真写出来。我们说好了，阿里，我不会让你给我回信。我保证。我想给你写信就会写，如果你不想给我写信就不必写。你必须做你自己。我必须做我自己。事情就是这样。反正通常都是我在说话。

除了搭地铁，我还喜欢做一件事：去芝加哥艺术学院。哇，阿里，你真该看看那地方的艺术作品，实在很精彩。我真希望你在这里，我们可以一起欣赏这些艺术作品。你会变得疯狂，我发誓你会。这里有各种各样的艺术作品，当代的和非当代的都有，我可以一直不停地说下去，但我不会这么做。你喜欢安迪·沃霍尔[1]吗？

[1] 美国画家、电影制片人。

这里有爱德华·霍珀[1]的名作《夜鹰》。我很喜欢这幅画。有时候，我觉得每个人都像这幅画里的人，每个人都迷失在自己痛苦、悲伤或内疚的私人世界里，每个人都遥远而不可知。这幅画让我想起你，这让我很伤心。

但《夜鹰》并不是我最喜欢的画。绝对不是。我告诉过你我最喜欢的画是哪幅吗？是籍里柯[2]的《梅杜萨之筏》。这幅画背后有一个完整的故事。它根据一次真实的海难创作而成，让籍里柯声名远扬。艺术家都擅长讲故事。我的意思是有些画就像小说一样。

总有一天我要去巴黎，去卢浮宫，盯着这幅画看一整天。

我算过时间了，我知道你现在已经拆了石膏。我知道你的规矩是我们不能谈论那场意外。我想说的是，阿里，这是个极其愚蠢的规矩。没人会要求讲道理的人遵守这种规矩，我并不是说我就是个讲道理的人。我希望你的理疗进展顺利，你能恢复正常。但这并不代表你是正常人，你绝对不正常。

我想你。我能说这个吗？有什么规矩吗？你有这么多规矩可真有意思，你知道吗？为什么会这样，阿里？我猜每个人都有自己的规矩。也许我们是从爸妈那儿得到了这种遗传。爸妈是规矩的制定者，他们也许给我们定了太多规矩。阿里，你想过这些吗？

[1] 美国画家。

[2] 法国画家，浪漫主义画派先驱。

我觉得我们需要对规矩做点儿什么。

我不会再对你说我想你了。

你的朋友

但丁

第十四章

在苏茜·伯德的帮助下，我找到了伊利安娜的储物柜。“别告诉吉娜。”我说。

“不会的，”她说，“我发誓。”她很快就违背了誓言。

“她很麻烦。”吉娜说。

“嗯，而且她18岁了。”苏茜说。

“那又怎么样？”

“你只是个男孩。她却是个女人。”

“麻烦。”吉娜重复道。

我给伊利安娜留了张字条。“你好。”我写道。我写上了我的名字。我真是个浑蛋。你好。这是什么意思？

第十五章

我整晚都在公共图书馆看《埃尔帕索时报》的微缩胶片，寻找关于我哥哥的文章。但我其实连事情发生的确切年份都不知道，找了大约一个半小时就放弃了。一定有更好的方法进行这种调查。

我想给但丁写信。然而，我只是找了一本有关爱德华·霍珀作品的艺术书看。但丁对《夜鹰》的看法十分恰当。这是幅杰作，霍珀表达的东西很真实，我感觉就像在照镜子，但它并没有让我伤心。

第十六章

你知道拆掉石膏后露出的死皮长什么样吗？

这就是我的生活，一堆死皮。

回归以前的阿里的感觉很奇怪。不过，这并不完全是事实。以前的阿里已经不存在了。

现在的阿里？他依然不存在。

我回到家，散了个步。

我发现自己正盯着但丁之前捧着鸟的地方。我不知道自己为什么会在这里。

我发现自己走到了但丁家门口。

马路对面的公园里有只狗正盯着我。

我也盯着它。

它扑通一声倒在草地上。

我穿过马路，狗依旧倒着，只是摇了摇尾巴。我不由得笑起来。我在它旁边的草地上坐下，脱掉鞋子。那只狗飞快地靠过来，把头放在我的腿上。

我就这么坐着抚摩它。我发现它没有戴项圈。我又仔细地打量了它一会儿，发现它原来是“她”。

“你叫什么？”

人们会和狗说话。虽然它们听不懂人话。但也许它们已经懂得足够多了。我想起但丁的最后一封信。我不得不去查“愚蠢”这个词的意思。我起身向公园旁边的图书馆走去。

我找到一本有《梅杜萨之筏》的艺术书。

我走路回家：阿里不用拐杖也能走路了。我想告诉但丁他算的时间有点儿问题。我今天才把石膏拆掉，但丁。今天。

回家的路上，我想到那场意外、但丁和哥哥，我想知道哥哥会不会游泳。我还想到爸爸，他从不谈论越南。尽管他在客厅墙上挂了一张和战友的照片，但他从不谈论那张照片或是战友们的名字。我问过他一次，他仿佛没听见我的问题。我再也没问过。也许我和爸爸之间的问题在于我们是同一类人。

我回到家，发现那只狗跟在我身后。我坐在门廊的台阶上，它躺在人行道上看着我。

爸爸走了出来，问：“你的腿恢复了？”

“是的。”我答道。

他看着那只狗。

“它从公园一路跟着我回来的。”

“你想养它吗？”

“嗯，”我说，“我很想养它。”

“你还记得沙尔利吗？”

“记得。我爱那只狗。”

“我也是。”

“它死的时候我哭了。”

“我也哭了，阿里。”我们对视。“它看起来是只不错的狗。没有项圈。”

“没有项圈，爸爸。它很漂亮。”

“很漂亮，阿里。”他笑道，“你妈妈不喜欢家里有狗。”

第十七章

亲爱的但丁：

很抱歉没有给你回信。真的很抱歉。

我现在可以正常走路了。这样你就不用觉得内疚了，好吗？X光片看起来很好。我已经痊愈了，但丁。医生说从手术开始就有很多地方可能出问题。但是，现在没有出任何问题。想想看，但丁，没有出任何问题。好吧，我打破了自己定的规矩，关于这个话题就说到这里吧。

我有了一只新狗！它叫腿腿，因为我是在双腿恢复正常的那天发现的它。它从公园一路跟着我回了家。我和爸爸在后院给它洗了澡。它真是只听话的狗，就老老实实地站在那里任由我们给它洗澡，很温顺。我不知道它是什么品种的狗。兽医猜测它可能有比特犬、拉布拉多犬和其他不知道什么品种的狗的血统。它的毛是白色的，中等个头儿，眼睛周围有褐色的眼圈，长得很好看。我妈妈只是说："让狗待在院子里。"

这条规矩没有持续多久。晚上，我让狗进了我的卧室。狗睡在我的脚边，就在我床上。妈妈不喜欢这样，但她很容易就做出了让步。"好吧，至少你还有个朋友。"她说。

我妈妈不相信我有朋友。事实似乎也的确如此，我不擅长交朋友。我觉得这没什么。

除了狗，没什么别的要说了。不，等等，你一定猜不到，我的生日礼物是一辆1957年的雪佛兰皮卡！车身有很多铬合金。我爱皮卡。这是一辆真正的墨西哥皮卡，但丁！给我来个液压系统就能飞起来！说得好像能实现一样。液压系统。我妈妈只是看着我说："谁来买单？"

"我会找份工作。"我说。

我爸爸给我上了第一堂驾驶课。我们在上游峡谷里一条废弃的农场公路上练车。我开得很好，得多熟悉一下换挡。我不太会换挡，有几次换二挡的时候把车弄熄火了。我得把握好时机。踩离合器，换挡，踩油门，踩离合器，换挡，踩油门，开起来。用不了多久我就能一口气完成整套动作，就像走路一样，完全不用思考。

第一堂课结束后，我们停好车，爸爸抽了一支烟。他有时会抽烟，但从不在家里抽，偶尔在后院抽。我问他会不会戒烟。"这有助于减少噩梦。"我知道他的梦都是关于战争的，有时我会想象他在越南丛林里的情形。我从来没问过他有关战争的事，我想那是他的秘密。也许把战争藏在心里是件可怕的事。但也许必须这么做。所以，我没有问他战争的事，而是问他有没有梦到过我的哥哥贝尔纳多。"有时候。"他只回了这么一句。他把我的皮卡开回家，一路沉默。

我想我提起哥哥惹他生气了。我不想惹他生气，但我还是这么做了。我总是惹他生气。我也会惹其他人生气。我猜我就是这样的，我也会惹你生气。我知道。对不起。我会尽力避免，好吗？如果我没有像你一样写那么多信，不要生气。我这么做不是为了惹你生气，知道吗？这是我的问题。我想让别人告诉我他们的感受，但我不太确定我是否想做出回应。

我得去我的车里好好想想。

阿里

第十八章

这是我现在的生活清单：

——为了考驾照而学习，为了上大学而努力学习。（妈妈因此很高兴。）

——在地下室举重。

——和腿腿一起跑步，它不仅是只好狗，还是个跑步健将。

——看但丁的信（有时候一周能收到两封）。

——跟吉娜·纳瓦罗和苏茜·伯德辩论（关于任何事情）。

——想办法在学校巧遇伊利安娜。

——在图书馆翻看《埃尔帕索时报》的缩微胶片，试图找到一些关于我哥哥的信息。

——写日记。

——每周洗一次车。

——做噩梦。（在那条下雨的马路上，我反复撞到但丁。）

——在查克勒汽车汉堡店工作二十个小时左右。翻烤汉堡也没那么糟糕。周四放学后工作四个小时，周五晚上工作六个小时，周六工作八个小时。（爸爸不让我加班。）

这份清单几乎概括了我的全部生活。我的生活也许没那么有趣，但至少很忙碌。忙碌并不代表快乐，我知道。但至少我不觉得无聊。无聊最糟糕。

我喜欢有钱，也喜欢这样一个事实：我不用花太多时间自怨自艾。

有人邀请我去参加派对，我不去。

嗯，我去过一个派对，只想看看伊利安娜在不在。吉娜和苏茜一出现我就离开了。吉娜指责我厌恶人类。她说我是全校唯一一个从没吻过女生的男生。“如果你在派对气氛刚热络起来的时候离开，就永远吻不到女生。”

“真的吗？”我问，“我从没吻过女生？你怎么知道？”

“凭直觉。”她说。

“你想让我告诉你我的私生活，”我说，“这可行不通。”

“你吻过谁？”

“别问了，吉娜。”

“伊利安娜？我看不像。她只是在逗你玩。”

我没搭理她，只是闷头朝前走。

吉娜怎么会这样？她有七个姐妹，没有兄弟，这就是问题所在。我猜她把我当成了她的弟弟，任她骚扰。她和苏茜·伯德常在周五晚上快打烊的时候去查克勒汽车汉堡店，只是为了继续骚扰我，惹毛我。她们会点汉堡、薯条和樱桃可乐，然后停好车，按喇叭，等着我收工。她们不停地烦我，把我惹毛。吉娜在学抽烟，她到处炫耀手里的烟，仿佛她是麦当娜[1]一样。

---

[1] 美国歌星。

有一次，她们在喝啤酒，分了我一些。好吧，我和她们喝了些啤酒。没什么问题。一切都好。

除了吉娜一直问我吻过谁。

后来我想到个法子让她停止纠缠。“你知道我在想什么，”我说，“我觉得你想让我靠近你，给你一生中最宝贵的一吻。”

“真恶心。”她说。

“那么，为什么这么感兴趣？”我问，“你肯定想知道我的味道。”

“你个蠢货，”她说，“我宁愿往嘴里塞一把鸟屎。”

“你当然想。”我说。

苏茜·伯德说我很恶毒。这就是苏茜·伯德，你在她身边就总要对她好。如果你说错话，她就会哭。我不喜欢这种爱哭哭啼啼的人。她是个好女孩，但哭鼻子对她没有任何好处。

吉娜再也没提起过接吻的事。这很好。

伊利安娜有时会来找我。她会对我微笑，我有点儿爱上她的微笑了。我对爱情并非一无所知。

校园生活还不错。布洛克尔先生仍然热衷于分享。他是个好老师，让我们写很多作文。我喜欢写作。出于某种原因，我真的很喜欢写作。唯一让我感到难熬的是艺术选修课。我根本不会画画。我对画树不在行，也不擅长画人脸。但在艺术选修课上，你要做的就是尝试。我的作业得了 A，但并不是因为我有天赋。这就是我的人生故事。

我知道我没有那么惨。我有一只狗，一本驾照，还有两个爱好：在微缩胶片上找哥哥的名字和想办法吻伊利安娜。

第十九章

我和爸爸养成了一个习惯，周六和周日我们会起得很早去上驾驶课。我想——我不知道我在想什么。我猜我想的是，也许我会和爸爸聊点儿什么。但我们没有。我们只聊到了开车，例行公事一样的聊天儿，都是关于学开车的那些事。

爸爸对我很有耐心。他会说明开皮卡的注意事项，以及他的那套有关集中注意力和留心路人的驾驶哲学。他其实是个很好的老师，从不会生气（除了我提到哥哥的时候）。他有一次说的话让我忍俊不禁。“当你在单行道上开车时，不能指望双向行驶。”我觉得这么说很有趣，他说这话的时候，我笑出来了。他几乎从没逗笑过我。

但他从来没有过问过我的生活。他不像妈妈，他尊重我的私人世界。我和爸爸的关系就像爱德华·霍珀画里表现的那样。好吧，差不多一样，但又不完全相同。我注意到，我和爸爸外出的那些早晨，他似乎更放松一些。他看上去很自在，就像在家里一样。尽管他不怎么说话，但也不显得那么疏离。这很好。他有时候会吹口哨儿，看起来和我在一起很开心。爸爸也许不需要言语来维持生活。我不是这样的人。好吧，我表面上就是这样，假装不需要说话。但我其实并不是这样的人。

我对自己有所发现：我的性格其实一点儿也不像爸爸。我的性格更像但丁。这让我大吃一惊。

第二十章

我必须先开车带妈妈出去一趟，她才会允许我独自开车出门。“你开得有点儿快。”她说。

“我十六岁了，”我说，“我是男孩子。”

她没接话。但她随后说：“哪怕我只是怀疑你喝了一口酒再开车，我都会把车卖掉。”

这句话让我莫名地笑起来：“这不公平。我为什么要为你的多疑付出代价？就好像那是我的错一样。”

她只是看着我说：“独裁者不就是这样吗？”

我们相视一笑。“禁止酒后驾驶。”

“酒后走路呢？”

“都不许。”

“我就知道会这样。”

“确定一下也好。”

“我不怕你，妈妈。你知道的。”

她大笑起来。

我的生活多少有点儿简单。我会收到但丁的信，但不会经常给他回信，即使回信也都很简短。他的信从来都不简短。他还在尝试亲吻，他是这么说的。我不知道该怎么想，但丁就是但丁，如果我要做他的朋友，就得学会接受。而且，因为他在芝加哥，我在埃尔帕索，所以很容易接受。但丁的生活比我的复杂得多，至少在亲吻方面复杂一些。话说回来，他倒是没有兄弟被关在监狱里，而且爸妈还假装没有那么个人存在。

我想我正在努力让生活变得不复杂，因为我的内心很混乱。我的噩梦就是证明。一天晚上，我梦见我的腿没了，它们莫名其妙地消失了，我下不了床。我尖叫着醒来。

爸爸来到我的房间，轻声说："只是个梦，阿里。只是个噩梦。"

"嗯，"我低声说，"只是个噩梦。"

在某种程度上，我已经习惯了做噩梦。但为什么有些人永远记不住他们的梦？我为什么不是其中一员？

第二十一章

亲爱的但丁：

我拿到了驾照！我开车带我爸妈去兜风了。我开车带他们去了新墨西哥州的梅西亚。我们在那儿吃了午饭。然后我开车送他们回家，我想他们多少认可了我的驾驶技术。不过最棒的是，我晚上开车出门，停在沙漠里，躺在皮卡的后座上，听着收音机，仰望窗外的星空。没有光污染，但丁。星空真的很美。

阿里

第二十二章

一天晚上，爸妈去参加婚礼舞会。墨西哥人的婚礼，他们喜欢办婚礼舞会。他们想把我也拖去，但我拒绝了。看爸妈随着得州－墨西哥音乐翩翩起舞，对我来说简直就是地狱。我说我翻烤一天的汉堡已经很累了，只想待在家里放松一下。

“如果你要出门，”爸爸说，“记得留张字条。”

我没打算出门。

我舒舒服服地待在家里，正要做墨西哥芝士馅儿饼时，查理·埃斯科韦多来敲门了。他问我：“很忙？”

我回道：“不太忙。我在做芝士馅儿饼。”

他说：“酷。”

虽然这家伙看起来饿得要命，但我还是不打算问他是不是也要个馅儿饼。他就是这副样子，看起来像个饿死鬼，长得骨瘦如柴，总是一副荒漠中的土狼的模样。我知道土狼，并且很喜欢这种动物。我们对视一眼，我问他：“你饿吗？”我不敢相信自己说了这样的话。

他说：“不饿。”他接着又说，“你注射过吗？”

我答道：“没有。”

他又问：“你想吗？”

我说："不想。"

他继续说："你应该试试。我们可以搞一些来，开着你的皮卡到沙漠里去，嗨[1]起来。那玩意儿很甜，伙计。"

我说："我很喜欢巧克力。"

他说："你他妈的在说什么？"

我说："甜东西。你说的'很甜'，我想我可以从巧克力那儿尝到这种甜头。"

他很生气，开始骂我。

我和他一样是墨西哥人，并且比他高大。我才不怕这个浑蛋。我说："你为什么不找别人和你一起嗨，伙计？"我想这家伙一定很孤独，但他没必要这么浑蛋。

他说："你是个同性恋，伙计，你知道吗？"

这家伙他妈的在说些什么？我不跟他一起玩，我就是同性恋？

我说："是呀，我是同性恋，我想吻你。"

他的脸上露出十分嫌恶的表情，说道："我要揍你。"

我回应道："来呀。"

但他只是朝我竖起中指，然后就转身走了，而我毫不在乎。在这家伙开始滥用影响情绪的药物之前，我还有点儿喜欢他，而且说实话，我对药物抱有好奇心，虽然没打算接触。

男人必须为重要的事情做好准备，我是这么想的。

我开始想但丁，想象他是如何喝下几杯啤酒的，还想起我和

[1] 此处的"嗨"为英文单词 high 的音译。

吉娜、苏茜喝啤酒时的情形，我想知道喝醉是什么感觉。我是说酩酊大醉，不知道那种感觉好不好。我又想起我的哥哥。他也许染上了毒瘾，也许这就是他被关进监狱的原因。

我想我小时候真的很爱他。我想我真的很爱他。这也许就是我感到悲伤和空虚的原因，因为我一直在想念他。

我不知道我为什么会做一些事情。但我就是做了。我走出家门，看见一个老酒鬼在落日高地的 K 圈便利店附近沿街乞讨。他看起来糟透了，闻起来更糟。我并没有兴趣和他做朋友，但我让他去给我买半打啤酒。我跟他说我也会给他买半打，他接受了。我把皮卡停在拐角处。他从便利店出来后，递给我六罐啤酒，然后笑着对我说："你多大了？"

"十六，你呢？"

"我？四十五。"他看起来更老一些。我是说这家伙看起来像泥土一样古老。我突然觉得利用这家伙很不好，但他也在利用我。我们只是在互相算计。

一开始我想开车去沙漠里喝这半打啤酒，但随后我又觉得这也许不是个好主意。我的脑海里一直回响着妈妈的警告声，这真的让我很生气。于是我决定回家。我知道爸妈要过很久才会回来。我有一整晚的时间喝啤酒。

我把车停在车道上，就坐在车里喝啤酒。我让腿腿上了车，它想舔我的啤酒罐，我不得不告诉它啤酒对狗不好。也许，啤酒对男孩也不好。但是，我正在做试验，就是那种发现宇宙秘密的试验。不过，我并不觉得我能在啤酒里找到宇宙的秘密。

我的脑海里冒出一个想法，或许喝下两三罐啤酒就能嗨起来。

我真的喝了两三罐啤酒，它们也确实开始发挥功效，感觉还不错。

我开始想一些事情。

我哥哥。

但丁。

爸爸的噩梦。

伊利安娜。

喝下三罐啤酒后，我就感觉不到任何疼痛了，有点儿像吗啡的作用，但又完全不同。我又开了一罐啤酒。腿腿把头放在我的腿上，我们就这么坐在车里。“我爱你，腿腿。”这是真话。我爱这只狗。我坐在我的皮卡里，和狗一起喝啤酒，生活似乎也没那么糟糕。

世界上有很多人不惜一切代价想要得到我所拥有的东西。可是，我为什么没有比他们更加感恩呢？因为我是个忘恩负义的家伙，这就是原因。吉娜·纳瓦罗就是这么说我的。她是个聪明的女孩，她说得没错。

我摇下车窗，感受到一阵寒意。天气变了，冬天来了。夏天没有给我带来我想要的东西，我觉得冬天也不会对我更好。季节究竟为什么会存在呢？生命的循环。冬天、春天、夏天和秋天。周而复始。

你想要什么，阿里？我不停地问自己。也许就是啤酒。你想要什么，阿里？

我自问自答：“生活。”

“什么生活，阿里？”

“你觉得我知道答案吗？”

“你的心知道，阿里。”

“不，我不知道。”

“闭嘴，阿里。”于是我真的闭上了嘴。

紧接着我的脑海里闪过一个念头，我想要亲吻某个人。谁都无所谓。任何人都行。比如伊利安娜。

我喝光所有啤酒，摇摇晃晃地上了床。

那天晚上我没做任何梦。什么都没梦到。

第二十三章

圣诞假期时，我忙着给外甥们包装圣诞礼物。我需要一把剪刀，妈妈在空卧室的梳妆台里腾了个抽屉放杂物，于是我去那儿找了找。剪刀就在抽屉里，放在一个特别大的棕色信封上，信封上写着我哥哥的名字——贝尔纳多。

我知道信封里装着有关我哥哥的一切。

他的整个人生都在这个信封里。

我知道里面也有他的照片。

我想拆开信封，但我没有那么做。我没有拿剪刀，而是装作没有看见信封的样子。"妈妈，"我问，"剪刀在哪儿？"妈妈把剪刀拿给了我。

那天晚上，我写了篇日记。我一遍又一遍地写着他的名字：

贝尔纳多

贝尔纳多

贝尔纳多

贝尔纳多

贝尔纳多

贝尔纳多

第二十四章

亲爱的阿里：

我脑海里浮现出你躺在皮卡上仰望星空的画面，甚至在脑海里绘出了草图。我给你寄了一张我站在圣诞树旁的照片。我还送了你一份礼物，希望你喜欢。

圣诞快乐，阿里。

但丁

我拆开礼物，笑起来。

我忍不住哈哈大笑。

一双迷你网球鞋。我很清楚该如何处理它们：把它们挂在后视镜上。我真的那么做了。

第二十五章

圣诞节后的第二天，我在查克勒汽车汉堡店上了八小时的班。由于是圣诞假期，爸爸允许我加班。我不介意多干活儿，不过，有个跟我一起工作的家伙是个十足的浑蛋。我从不理会他的自言自语，大多数时候他都不会注意到我没在听他说话。他下班后想叫我一起出去玩，我说："我有安排。"

"约会？"他问。

"是的。"我答道。

"她叫什么？"

"雪儿[1]。"

"去你的，阿里。"他说。

有些家伙就是听不懂玩笑话。

我回到家时，妈妈正在厨房热晚餐要吃的塔马利[2]。我喜欢自己做的塔马利。我喜欢用烤箱加热它们，这么做很奇怪，因为这不是加热塔马利的标准方法。我喜欢用烤箱把塔马利烤得干一点儿，这样它们就会变脆一点儿，还可以闻到玉米壳烤焦的味道，

[1] 此处指美国女演员、歌星雪儿。

[2] 又被称为墨西哥粽子，主要材料是玉米面和馅料，用玉米壳或香蕉叶包裹蒸熟而成。馅料可咸可甜。

这种味道非常好，所以，妈妈为我放了一些在烤箱里。“但丁来过电话。”她说。

“真的？”

“是的。”

“他一会儿还会打过来，我说你在工作。”

我点了点头。

“他不知道你有工作，他说你从没在信里跟他提起过这件事。”

“这有什么重要的？”

她摇了摇头。“我想这不重要。”我知道她心里在盘算这件事，但她没说出来，我不介意。这时电话铃声又响了。“可能是但丁。”她说。

正是但丁。

“嘿。”

“嘿。”

“圣诞快乐。”

“芝加哥下雪了吗？”

“没有。只是很冷。天灰蒙蒙的，真的很冷。”

“听起来不错。”

“我好像有点儿喜欢这种冷天，但不喜欢阴沉的天。他们说一月天气会更糟。二月可能也是。”

“那糟透了。”

“嗯，确实很糟。”

电话里一阵沉默。

“你在打工？”

“嗯，在查克勒汽车汉堡店烤汉堡。我想存些钱。”

“你没告诉过我。”

“嗯，不是什么重要的事，就是个工作。”

“哦，你给朋友买精美的艺术书可存不了太多钱。”我能猜到他在笑。

“你收到书了？”

“它就在我的腿上放着。洛伦茨·E. A. 艾特纳的《籍里柯的〈梅杜萨之筏〉》。这本书很漂亮，阿里。”

我以为他会哭。我在脑海里轻声说：别哭，别哭。他好像听到了我的话，他没有哭。他说：“你得烤多少个汉堡才买得起这本书？”

“只有但丁才问得出这种问题。”我说。

“只有阿里才会这样回答。”他说。

我们大笑起来，根本停不下来。我非常想他。

我挂断电话，觉得有点儿难过，又有点儿开心。有那么几分钟，我真希望但丁和我生活在男孩的世界里，而不是准男人的世界里。

我出去慢跑了一会儿。我和腿腿一起跑。每个人都应该养只狗的说法真的没错。吉娜说每个男孩都是狗。这是吉娜会说的话。她就像我妈妈，我的脑海里回响着她的声音。

跑步中途开始下雨。那场意外的画面开始在我的脑海里回放。有那么几秒，我的腿有些疼。

第二十六章

跨年夜，我被叫去店里工作。我无所谓。我没有任何安排，也不想一个人胡思乱想。

“你要去工作？”妈妈不太高兴。

“社交活动。”我说。

她瞥了我一眼，说：“大家都会来。”

嗯，家庭聚会。叔叔们和堂兄弟姐妹，妈妈的杂烩汤，很多塔马利，很多啤酒，以及给妈妈和姐姐们的葡萄酒。我已经吃够塔马利了。我不喜欢家庭聚会，不喜欢太多亲密的陌生人。我不停地笑，但真的不知道该说些什么。

我笑着对妈妈说：“1987 年，很高兴这一年过去了。”

她看了我一眼，说道：“这一年不错，阿里。”

“除了一场雨中的小意外。”

她笑着说：“你怎么就这么不相信自己呢？”

“因为我像爸爸。”说着我朝她举起咖啡杯祝福道：“敬 1988 年，敬爸爸。”

妈妈伸手理了理我的头发。她有一段时间没这么做了。“你越来越像个男人了。”她说。

我再次举起咖啡杯：“敬男子汉。”

工作不是很忙。大雨阻拦了客人们的脚步，于是我们四个值班的人轮流唱1987年我们最喜欢的歌。我最喜欢的是灰狼一族合唱团翻唱的《拉班巴》，毫无疑问。其实我根本不会唱歌，我故意唱这首歌，这样大家就会说：别唱了，别唱了。他们的确是这么说的。于是我逃过一劫。阿尔玛一直唱《信仰》。我不喜欢乔治·迈克尔。露西假装自己是麦当娜，虽然她有一副好嗓子，但我不喜欢麦当娜。最后我们都开始唱U2乐队的《我仍未找到我所寻找的》。这是首好歌。我的主题曲。其实我觉得这是每个人的主题曲。

九点五十五分的时候，我听见前台窗口有人点汉堡和薯条。是吉娜·纳瓦罗。我无论在哪儿都能听出她的声音。我不确定我是真的喜欢她，还是仅仅习惯了她在身边。她点完餐后，我把东西送到她那辆破旧的大众甲壳虫车上。她和苏茜·伯德都在车上。

"你们俩一起出来玩？"

"哈哈，你这个浑蛋。"

"祝你们新年快乐。"

"你快收工了？"

"我下班前还得清理一下。"

苏茜·伯德笑起来。我不得不说她的笑容很甜。"我们来邀请你参加派对。"

"派对？我不想去。"我说。

"有啤酒。"吉娜说。

"还有你可能想吻的女孩。"苏茜补充道。

我的私人约会服务，这正是我想要的新年礼物。"我也许会去。”我说。

“没有也许，”吉娜说，“放松一下。”

我不知道自己为什么会答应她们，但我就是答应了。“给我地址，我们在那儿碰头。我得回家跟爸妈说一声。”

我希望爸妈会说“没门儿”，但事实并非如此。“你真的要去参加派对？”妈妈问道。

“我收到邀请让你大吃一惊吗，妈妈？”

“没有，我只是惊讶你会去。”

“这是跨年派对。”

“会喝酒吗？”

“我不知道，妈妈。”

“你不许开车去。暂时不许。”

“我想我去不了了。”

“派对在哪儿？”

“西尔弗大街和埃尔姆街的转角处。”

“就在街那头，你可以走路去。”

“外面在下雨。”

“已经停了。”

妈妈差点儿把我扔出家门：“去吧，玩得开心。”

见鬼。玩得开心。

你猜怎么着？我真的玩得很开心。

我吻了一个女孩。不，是她吻了我。伊利安娜。她也在。伊利安娜。她径直走到我身旁，对我说：“新年了，所以，新年快乐。”然后她就靠过来，吻了我。

我们接吻了，吻了很长时间。然后她轻声说："你是世界上吻技最好的人。"

"不，"我说，"我不是。"

"别跟我争，我清楚这些事。"

"好吧，"我说，"我不跟你争。"接着我们又吻起来。

随后她说："我要走了。"她就这么走了。

吉娜站到我面前时，我甚至还没弄明白发生了什么。"我看到了。"她说。

"怎么样？"

"感觉怎么样？"

我看着她说："新年快乐。"说完，我给了她一个拥抱。"我有个新年建议给你。"

她大笑起来："我有一整张单子的建议给你，阿里。"

我们笑得喘不过气来。

玩得开心感觉有点儿奇怪。

第二十七章

一天，我一个人在家时，打开了那个抽屉。抽屉里放着马尼拉纸做的大信封，信封上写着“贝尔纳多”。我想打开信封，我想知道里面装着的所有秘密。

也许这么做会让我获得自由。但我为什么不自由？我又没有进监狱，不是吗？

我把信封放了回去。

我不想这么做。我想让妈妈把它交给我，对我说：“这是你哥哥的故事。”

也许我想要的太多。

第二十八章

但丁给我写了一封短信。

阿里：

你自慰吗？我在想你会觉得这是个可笑的问题，但这是个非常严肃的问题。毕竟，你很正常，至少比我正常。

我知道我应该问问我爸爸这方面的问题，但我不想问他。虽然我爱我爸爸，但我必须把所有事情都告诉他吗？

你的朋友

但丁

他给我寄的这封信真把我气疯了。不是因为他写了这封信，而是因为他寄了这封信。整件事都让我很尴尬。我没兴趣和但丁讨论自慰。

我没兴趣和任何人讨论自慰。

这家伙有什么毛病？

第二十九章

一月，二月，三月，四月，几个月过去了。学校没问题，我有好好学习。我有锻炼，和腿腿一起跑步。我在查克勒汽车汉堡店工作。我和伊利安娜玩“捉迷藏”，更确切地说是她和我玩“捉迷藏”。我真搞不懂她。

有时候，我会在周五晚上下班后开车去沙漠里，躺在皮卡后面的床上看星星。

一天，我直接向伊利安娜发出约会邀请。我厌倦了调情，而且这招已经不管用了。“我们去看电影吧，”我说，“也许可以牵个手。”

“我不能。”她说。

“你不能？”

“绝对不能。”

“那你为什么吻我？”

“因为你长得好看。”

“就因为这个？”

“而且你人很好。”

“那还有什么问题？”我开始意识到伊利安娜在跟我玩一个我不喜欢的游戏。

有时候，她会在周五晚上我收工的时候来查克勒汽车汉堡店，我们会坐在我的皮卡里聊天儿。但我们并没有聊什么重要的事，她甚至比我更注重隐私。

毕业舞会快到了，我想也许我应该邀请她一起参加。她已经拒绝了我，但没关系。她不是来查克勒汽车汉堡店找我了吗？毕业舞会前几周的一天，我收工的时候她出现在那里，我们坐在我的皮卡里。“你想和我一起去毕业舞会吗？”我问。我试着让自己的声音听起来很自信，但我觉得并没有达到这种效果。

“我不能去。”她说。

“好吧。”我说。

“好吧？”

“嗯，没关系。”

“你不想知道为什么吗，阿里？”

“如果你想告诉我原因，早就告诉我了。”

“好吧，我告诉你我为什么不能去。”

“你不必这么做。”

“我有男朋友，阿里。”

“哦。”我说。我的声音听起来没什么不同。“那我只是，嗯，我是什么人，伊利安娜？”

“你是我喜欢的家伙。”

“好的。”我说。我的脑海里响起了吉娜的声音。她只是在逗你玩。

“他加入了帮派，阿里。”

“你男朋友？”

“嗯。如果他知道我在这儿，你就要倒霉了。”

“我不怕。”

“你应该害怕。”

“你为什么不跟他分手？”

“没那么容易。”

“为什么？”

“你是个好男孩，你知道吗，阿里？”

“嗯，这种感觉糟透了，伊利安娜。我不想做什么好男孩。”

“你就是。我喜欢你这点。”

“事情现在是这样，”我说，“我得做好男孩，混帮派的就能有女朋友，我不喜欢这种剧情。”

“你在生气。别生气。”

“别叫我别生气。”

“阿里，请不要生气。”

“你为什么吻我？你为什么吻我，伊利安娜？”

“我不应该这么做。对不起。”她直直地看着我。我还没来得及说些别的话，她就下车了。

周一，我在学校里找她，但没找到。我让吉娜和苏茜帮我找，她俩是合格的侦探。吉娜带来了消息：“伊利安娜退学了。”

“为什么？”

“只知道她退学了，阿里。”

“她能这么做吗？这么做不违法吗？”

“她是高年级学生，阿里。她十八岁了。她是成年人，能做任何她想做的事。”

“她不知道她想做什么。”

我问到了伊利安娜的地址。联络簿里有她爸爸的电话号码。我去敲她家的门，她哥哥走了出来。“什么事？”他盯着我问。

“我找伊利安娜。”

“你找她干什么？”

“我是她朋友，一个学校的。”

“朋友？”他不停地点头，“听着，伙计，她结婚了。”

“什么？”

“她怀孕了。她跟那个家伙结婚了。”

我不知道该说些什么，所以，我什么也没说。

那晚我和腿腿一起坐在车里。我一直在想我把那个吻太当回事了。

接吻没什么狗屁意义。

第三十章

亲爱的阿里：

7∶1，这是但丁的信和阿里的信的数量之比，只是想让你知道。等我今年暑假回去，我要带你去游泳，把你淹死。在你濒死的时候给你做人工呼吸，救活你。听起来怎么样？我觉得听起来不错。吓到你了吗？

说说接吻的事。我的试验对象——我是说接吻试验对象，那个女孩是个接吻高手。她在这方面教会我很多。但她最后对我说："但丁，我觉得你吻我时，像在吻别人。"

"是吧，"我说，"好像是这样。"

"你在吻另一个女孩吗？还是一个男孩？"

我觉得这是个有先见之明的有趣问题。

"一个男孩。"我说。

"我认识吗？"她问。

"不认识，"我说，"我只是在脑海里幻想出一个男孩。"

"随便想出一个男孩？"

"是的，"我说，"一个长得好看的男孩。"

"好吧，"她说，"像你一样好看？"

我耸了耸肩。她觉得我很好看，不错。我们现在是朋友，这很好，因为我现在不觉得我在欺骗她了。而且，她向我坦白，她之所以喜欢在那些派对上吻我，是因为她想让她真正喜欢的家伙吃醋。我不由得哈哈大笑起来。她说这招不管用。“也许他更愿意吻你，而不是我。”她说。我大笑两声回应她。我不知道她说的是哪个家伙，但老实说，阿里，尽管和享有特权的芝加哥孩子们一起玩很带劲，他们有钱买包括啤酒在内的各种酒，但他们真的很无趣。反正对我来说如此。

我想回家。

我也对我爸妈说了这样的话。“我们现在可以走了吗？我们在这里的生活结束了吗？”我爸爸这个聪明鬼当然是直视着我的眼睛说：“我以为你讨厌埃尔帕索呢。当我告诉你我们要搬去埃尔帕索时，你不是这么说的吗？你说：‘杀了我吧，爸爸。’”

我知道他是什么意思，他想让我说我错了。而我只是看着他说：“我错了，爸爸。你高兴了吗？”

他挤出一个笑，问：“我高兴什么，但丁？”

“你高兴我错了。”

他吻了下我的脸颊，然后说：“是的，我很高兴，但丁。”

我爱我爸爸，也爱我妈妈。我一直在想，当我告诉他们我很特殊时，他们会说些什么。我想知道他们会有什么反应。我不想让他们失望，阿里。我知道我也让你失望了。

我有点儿担心等我回去我们就不再是朋友了，对这种情况我得有所准备。我讨厌撒谎，阿里。我特别讨厌对我爸妈撒谎，你知道我对他们的感情。

我想和我爸爸谈谈。我不想求谁。我选择另一种人生并不代表我就是个乞求怜爱的可怜人。我的自尊不允许我那么做。

嗯，我知道，我一直在唠叨。再过三周多我就能回家了。回家，另一个暑假，阿里。你觉得我们的年纪已经大到不能在街上玩了吗？可能吧。但也许不是。听着，我只是想让你知道，我不想让你觉得我回去时你必须做我的朋友。我不是当好朋友的料儿，对吧？

你的朋友

但丁

另外，不和救过你命的人做朋友太奇怪了，你不觉得吗？我违规了吗？

第三十一章

学期最后一天，吉娜表扬了我："锻炼让你变得很强壮。"

我冲她笑了笑："这是你对我说过的最动听的话。"

"你要怎么庆祝暑假开始呢？"

"我今晚要工作。"

她笑着说："好认真。"

"你和苏茜要参加派对吗？"

"嗯。"

"派对不会让你厌烦吗？"

"别傻了，我才十七岁，你这个笨蛋。我当然不会厌烦派对。你是个被困在十七岁男孩身体里的老头儿，你知道吗？"

"到八月我才满十七岁。"

"这样更糟。"

我们都大笑起来。

"你能帮我个忙吗？"我问。

"什么？"

"如果我今晚去沙漠里喝酒，你和苏茜能开车送我回家吗？"连我自己都不知道自己会说出这种话。

她先是微笑，然后笑容变大，真的很大。

“当然。”她说。

“你们的派对是什么主题？”

“放松点儿，阿里，这就是个派对。我们还能帮你买啤酒，”她说，“庆祝学期结束。”

我下班回家的时候，吉娜和苏茜正在我家门前的台阶上等我。她俩正在跟我爸妈聊天儿，她俩当然会这么做。我在心里埋怨自己让她俩来我家接我。我到底在想什么？我都不知道该怎么解释。是呀，妈妈，我们要去沙漠里喝到酩酊大醉。

不过，吉娜和苏茜很机灵，没有提到啤酒的事。她俩在我爸妈面前扮成了好女孩。我并不是说她俩不是好女孩。她俩就是这样：好女孩想假装自己是坏女孩，却永远不会成为坏女孩，因为她俩太正经了。

我开车出门的时候，妈妈欣喜若狂。她并没有表现出欣喜若狂的样子，但我熟悉那种表情。你终于有朋友了！你要去参加派对！嗯，好吧，我真的很爱我的妈妈。我的妈妈。我的妈妈认识吉娜和苏茜的爸妈，她认识所有人。她当然认识他们。

我记得我在房间里换衣服、洗脸。我记得我盯着镜子里的自己看。我记得我轻声说：“你是个漂亮的男孩。”我不相信自己的话，但我想相信。

除了腿腿和我爸妈之外，吉娜·纳瓦罗和苏茜·伯德是最先搭乘我的皮卡的人。“你们闯进了我的处女车。”我说。她俩翻了个白眼，然后笑得直不起腰。

我们在吉娜的一个表亲家停了一下，带上了一个装满啤酒和可乐的冰箱。为了确认吉娜是否会开手动挡汽车，我让她开车试试。她是个行家，开得比我好，我没什么可教她的。这个夜晚很完美，沙漠里的微风还略带凉意，夏天的酷热离我们仅一步之遥。

我、苏茜和吉娜坐在皮卡后面的床上。我喝着啤酒，仰望星空，忍不住低声问道："你们认为我们会发现宇宙的所有秘密吗？"

耳边传来苏茜回答我的声音，让我大吃一惊。"那会是件美好的事，不是吗，阿里？"

"是的，"我轻声说，"十分美好。"

"阿里，你觉得爱和宇宙的秘密有关吗？"

"我不知道，也许吧。"

苏茜笑道："你爱伊利安娜吗？"

"不。也许有一点儿。"

"她伤了你的心？"

"没有，我甚至都不了解她。"

"你爱过谁吗？"

"我的狗算吗？"

"呃，算吧。"我们都大笑起来。

我一罐接一罐地喝啤酒，苏茜则喝着可乐。"你醉了吗？"她问道。

"好像有点儿。"

"你为什么想喝醉？"

"想感觉点儿什么。"

"你这个笨蛋，"她说，"你是个好人，阿里，但你绝对是个笨蛋。”

我、吉娜和苏茜一起躺在皮卡后面，一直望着夜空。我并没有喝得很醉，只是让自己放松下来。我听着吉娜和苏茜聊天儿，她们知道如何聊天儿，如何大笑，如何融入这个世界，这很好。女孩子也许更容易做到这些。

“还好你们带了毯子，”我说，“好主意。”

吉娜笑着说：“这是女孩的工作——想出好主意。”

我想知道那会是什么感觉：爱上一个女孩，了解一个女孩的想法，通过一个女孩的眼睛看世界。也许她们知道的比男孩多，也许她们能理解男孩永远无法理解的事情。

“真可惜我们不能永远躺在这里。”

“真可惜。”苏茜说。

“真可惜。”吉娜重复道。

真可惜。

别忘了那场雨

耐心翻动书页
寻找意义

——W. S. 默温

第一章

暑假又来了。暑假，暑假，暑假。我爱暑假，也恨暑假。暑假有自己的逻辑，总是能激发出我身上的一些东西。暑假应该是属于自由和青春的时节，不用上学，不用选择，没有冒险，没有探索。暑假是一本充满希望的书。这就是为什么我对暑假又爱又恨，因为它让我想要相信点儿什么。

我的脑海里响起爱丽丝·库珀[1]的歌。

我下定决心，要过一个我的暑假。如果暑假是一本书，那么我要在里面写一些美好的东西，由我亲自书写。但我不知道该写些什么。这本书已经在为我书写，里面并没有多少希望，反而有很多的工作和承诺。

我开始在查克勒汽车汉堡店做全职。我从来没有在一周工作过四十个小时。不过，我喜欢这里的工作时间：周一到周四，上午十一点到晚上七点半。这意味着我可以睡懒觉，如果我愿意，还可以出去玩。但我并不知道要去哪里玩。周五我的上班时间比较晚，晚上十点才下班。这个时间表不错，而且周末还可以休息。所以，没关系。但这是暑假！周六下午，妈妈为我报名参加食物

---

[1] 美国摇滚歌手。

银行的志愿活动，我没有和她争论。

我的生活仍然要听从别人的安排。

学期结束后的第一个周六，我早早起床，穿着慢跑短裤来到厨房里喝橙汁。我注视着正在看报纸的妈妈，对她说："我今晚得上班。"

"我以为你周六不上班。"

"我要帮迈克代班几个小时。"

"他是你的朋友？"

"算不上。"

"那你愿意为他代班可真是热心。"

"我又不是免费代班，会拿工资的。而且，是你把我培养成了热心人。"

"你听起来不是很开心。"

"当个热心人有什么好开心的？如果你想了解我真实的想法，我可以告诉你，我想做个坏男孩。"

"坏男孩？"

"你知道的，就像切·格瓦拉[1]、詹姆斯·迪恩[2]。"

"谁阻止了你？"

"我正看着她。"

"是呀，都怪你妈妈。"她大笑着说。

而我在思考自己是不是在开玩笑。

---

[1] 古巴革命领导人。

[2] 美国男演员，24 岁因车祸去世。

“阿里，你知道吗？如果你真想做个坏男孩，就去做吧。坏男孩最不需要的就是妈妈的许可。”

“你认为我需要你的许可？”

“我不知道该怎么回答这个问题。”

我们看着彼此。我总是会和妈妈进行一些我不想进行的对话。“如果我辞掉工作会怎么样？”我问。

她只是看着我说：“很好。”

我熟悉这种语气。“很好”意味着我满嘴胡话，我熟悉这套潜台词。我们对视了大约五秒钟——仿佛永恒。

“你这么大了，不应该再从家里拿零用钱。”她说。

“也许我可以去帮人修剪草坪。”

“想得很好。”

“对你来说太像墨西哥人会干的活儿了，是吗，妈妈？”

“不，只是太不靠谱。”

“烤汉堡，这很靠谱。不是很有想象力，但很靠谱。想想看，这可能是最适合我的工作。我很靠谱，同时又缺乏想象力。”

她摇了摇头说：“你打算一辈子自怨自艾吗？”

“你说得对，也许这个暑假我应该休息。”

“你在上高中，阿里。你不是在找一份正式工作，你只是在找一个赚零用钱的方法。你正在过渡期。”

“过渡期？你是个什么样的墨西哥妈妈呀？”

“我是个受过教育的女性。这没有改变我的墨西哥人本性，阿里。”

她听起来有点儿生气。我喜欢她的愤怒，也希望自己能有更多怒气。她的愤怒跟我和爸爸的都不一样，不会让她丧失理智。“好吧，我明白你的意思了，妈妈。”

“你明白了？”

“妈妈，我总觉得我就像你的一个研究案例。”

“对不起。”她这样说，但其实并没有感到抱歉。她看着我说：“阿里，你知道群落交错区是什么吗？”

“它是两个不同的生态系统相遇的地方。群落交错区的景观会包含两个不同的生态系统的元素，它就像天然边界。”

“真聪明。过渡期，我不必再解释什么了，是吗？”

“是的，妈妈，你不必解释了。我生活在一个群落交错区：勤奋工作与游手好闲共存，负责任与不负责任共存。”

“差不多是这样吧。”

“我在《儿子 101[1]》比赛中得 A 了吗？”

“别生我的气，阿里。”

“我没有。”

“你有。”

“你可真是个合格的老师。”

“听着，阿里，你快十七岁了不是我的错。”

“我二十五岁的时候你还是老师。”

“别这么说。”

“对不起。”

她打量着我。

[1] 这里化用了选秀节目 *Produce 101* 的名字。

“妈妈，对不起。”

“每次暑假开始的时候我们都要吵一架，不是吗？”

“只是过渡时期。”我说，“我要去跑步了。”

我转过身去，她抓住我的手臂，说：“听着，阿里，我也很抱歉。”

“没关系，妈妈。”

“我了解你，阿里。”她说。

我想对她说：没人了解我。这话我也想对吉娜·纳瓦罗说。

接着，她做了我知道她要做的事，她用手指梳理我的头发。“如果你不想工作，就别做了，我和你爸爸都愿意给你钱。”

我知道她说的是真心话。

但我并不想这样。我不知道我想要什么。“不是钱的问题，妈妈。”

她没有说话。

“好好过一个暑假，阿里。”

她说这话的语气，看着我的表情，充满了爱，我简直无法承受。

“好的，妈妈。”我说，“也许我会爱上谁。”

“为什么不呢？”她说。

有时候，父母太爱他们的孩子，以至于把他们的生活浪漫化，以为青春能帮他们解决一切难题。父母们或许忘记了一个微不足道的事实：即将年满十七岁既严酷、痛苦，又令人困惑。即将年满十七岁真的很糟糕。

第二章

我和腿腿跑步时经过了但丁的家，这并非偶然。虽然我不知道他回来的确切时间，但我知道他会回来。他离开芝加哥那天给我寄了张明信片：我们今天开车返回，会先去一趟华盛顿，我爸爸想去国会图书馆查些资料。不久后见。爱你的但丁。

跑到公园的时候，我放开了腿腿的牵引绳，尽管我不应该这么做。我喜欢看它到处跑。我喜欢狗的纯真无邪，它们不知道如何隐藏自己的感情，就这样存在于这个世界，狗就是狗。狗身上有一种简单的优雅，让我羡慕不已。我把它叫回来，用牵引绳拴住它，接着跑起来。

“阿里！”

我停下来，转过身去。他就在那里，但丁·昆塔纳就站在他家的门廊上，露出真诚的笑容向我挥手，他问我想不想学游泳时脸上也带着这样的笑容。

我朝他挥了挥手，然后走向他家。我们站在门口互相打量了一会儿，一句话也没说，真是奇怪。接着他跳下门廊拥抱我。“阿里，看看你！头发长了！你看起来就像没有胡子的切·格瓦拉。”

“很好。”我说。

腿腿冲他大叫。“你得摸摸它，”我说，“它讨厌被人无视。”

但丁跪在地上抚摩它，还亲了亲它。腿腿舔了舔他的脸，很难说他俩谁表现得更亲热。“腿腿，腿腿，很高兴见到你。”他看起来十分开心，我对他的这种快乐的能力感到好奇。他的这种能力从哪里来的？我也有这种快乐的能力吗？我在害怕它吗？

“你这一身肌肉从哪儿来的，阿里？”

他站在我面前，我看着他，听他无拘无束地提出各种问题。

“我爸爸的旧哑铃就放在地下室里。”我说。这时，我突然发现他比我高。“你怎么长这么高了？”我问。

“一定是因为太冷了，”他说，“一米八，我和我爸爸一样高了。”他打量着我说：“你比我矮，但你的头发让你看起来高了一些。”

我不由得大笑起来，尽管我并不知道自己为什么要笑。他又抱了抱我，轻声说：“我很想你，阿里·门多萨。”

和往常一样，我不知道该说什么，于是我什么也没说。

“我们还是朋友吗？”

“别胡扯，但丁。我们是朋友。”

“我们会永远是朋友吗？”

“永远。”

“我永远不会对你撒谎。”他说。

“我可能会对你撒谎。”我说。我们都笑起来。我想，这也许将是个只有笑声的暑假。这也许就是暑假的模样。

“进来和我爸妈打声招呼吧。”他说，“他们都想见你。”

“能叫他们出来吗？我还带着腿腿呢。”

“腿腿也能进来。”

“我觉得你妈妈会不高兴。”

“如果是你的狗，进来没问题。相信我。”他把声音压低到近乎耳语，“我妈妈不会忘记那场雨中的意外。”

“那都是过去的事了。”

“我妈妈的记忆力就像大象一样厉害。[1]”

不过，我们没机会测试但丁的妈妈对于狗进屋的反应，因为就在这时，昆塔纳先生在门前朝他的妻子大喊：“索莱达，猜猜谁来了？”

他们围着我，拥抱我，说着动听的话，我真想哭。他们的爱如此真实，不知为何，我觉得自己不值得他们对我这么好，觉得他们也许只是在拥抱一个救了他们儿子一命的人。我希望他们拥抱我只是因为我是阿里，然而对他们来说我永远不会只是阿里。但我已经学会如何隐藏自己的感受。不，事实并非如此。我没有学习。我生来就知道如何隐藏自己的感受。

他们很高兴见到我，我也一样。

我告诉昆塔纳先生我在查克勒汽车汉堡店打工。他朝但丁意味深长地笑着说：“工作，但丁，我有个想法。”

“我会找份工作，爸爸。我真的会。”

昆塔纳太太看起来和以前有点儿不太一样。我不知道该怎么说，她的身上好像光芒四射。我从没见过比她更漂亮的女人，她看起来比我们上次见面时更年轻。更年轻，而不是更老。我并不是说她老，我知道她二十岁就生了但丁，现在也才三十八岁左右。

---

[1] 大象的记忆力超群，可以记住几十年前的事。

但在清晨阳光的照耀下，她看起来要年轻得多，就像清晨的阳光一样。

我正在听但丁的爸妈谈论这一年在芝加哥的生活，但丁突然问我："我什么时候能坐坐你的皮卡？"

"等我下班后？"我说，"我晚上七点半下班。"

"你得教我开车，阿里。"

我瞥见他妈妈脸上的表情。

"这不应该是爸爸该做的事吗？"我说。

"我爸爸是世界上最糟糕的司机。"他说。

"不是这样的。"昆塔纳先生反驳道，"我只不过是埃尔帕索最糟糕的司机。"他是我见过的唯一一个承认自己开车技术差的人。我离开前，但丁的妈妈把我拉到一边，说："我知道你迟早会让但丁开你的车。"

"我不会。"我说。

"但丁很会说服人。答应我，你会小心。"

"我答应您。"我笑着对她说。她身上的某些特质让我感到非常自信且自在，我和大多数人相处的时候都没有这种感觉。"看样子，今年暑假我得对付两个妈妈。"我说。

"你是这个家庭的一分子，"她说，"反抗是没有用的。"

"有一天我肯定会让您失望的，昆塔纳太太。"

"不会的。"她说。尽管她的语气如此坚定，声音却几乎和我妈妈的声音一样温柔。"阿里，你对自己太苛刻了。"

我耸了耸肩："也许我就是这样的人。"

她笑着对我说："但丁不是唯一想你的人。"

这是除了我爸妈之外的大人对我说过的最动听的话。我知道昆塔纳太太在我身上发现了一些东西，并且很喜欢。我虽然觉得这很美好，但同时也觉得这是一种负担。她并不想让这种喜欢成为一种负担，但爱对我来说一直都很沉重，是我必须承受的东西。

第三章

晚上八点左右，我带着腿腿开车去接但丁。太阳逐渐西沉，外面还是很热。我按了按喇叭，但丁就站在门口。“这就是你的皮卡！太棒了！很漂亮，阿里！”

嗯，我知道我一定一脸傻笑。喜欢皮卡的人需要别人欣赏他的座驾。是的，需要，这是事实。我不知道为什么，但喜欢皮卡的人就是这样。

他回头冲屋里喊道：“妈妈！爸爸！快来看阿里的皮卡！”他像个孩子似的蹦下楼梯，他总是那么随心所欲。我和腿腿跳下车，看着但丁绕着车看个不停。“没有一点儿划痕。”他说。

“因为我不开车去上学。”

但丁笑起来。“真正的铬轮圈，”他说，“你是真正的墨西哥人，阿里。”

这句话逗得我哈哈大笑。“你也是，你这个浑蛋。”

“不，我永远成不了真正的墨西哥人。”

这对他来说为什么这么重要？不过，这对我来说也很重要。他正想说点儿什么，却注意到他的爸妈正从门廊走下来。

“很棒的皮卡，阿里！这可是经典款。”昆塔纳先生的反应和但丁一样，毫不掩饰自己的热情。

昆塔纳太太只是笑了笑。他们俩绕着车仔细打量，面露微笑，就像遇到了老朋友。“这辆皮卡很漂亮，阿里。”我没想到昆塔纳太太会这么说。但丁已经把注意力转向正在舔他脸的腿腿。我莫名其妙地把车钥匙扔给昆塔纳先生。“如果您愿意，可以带女朋友出去兜风。”我说。

他的笑容中没有一丝犹豫。我能看出来，昆塔纳太太正试图压制身体里的那个小女孩。但即使她丈夫没有笑，她的内心所想对我来说也神秘莫测。我似乎开始了解但丁的妈妈。我知道这很重要。我想知道为什么。

我喜欢看着他们一家三口围着我的皮卡。我想让时间停下来，因为一切似乎如此单纯美好，但丁和腿腿互相喜欢，但丁的爸妈打量我的皮卡时想起了他们的青春时光，而我则是那个骄傲的车主。我拥有无价之宝，即使它只是一辆能唤起人们甜蜜怀旧之情的皮卡。我的眼睛仿佛是一台相机，拍下了这一刻，永远将这张照片保存在心底。

我和但丁坐在台阶上，看着他的爸爸发动我的车，他的妈妈就像初次约会的女孩一样依偎着他的爸爸。

“给她买杯奶昔！”但丁叫道，“女孩就喜欢有人给她们买东西！”

我们目送他俩大笑着开车出门。

“你爸妈有时候像小孩一样。”我说。

“他们很幸福，”他说，“你爸妈呢？他们幸福吗？”

“我爸妈一点儿也不像你爸妈。但是，我知道我妈妈很喜欢我爸爸。我想我爸爸也很喜欢我妈妈，他不是感情外露的人。”

“感情外露，这可不像阿里会说的词。”

“你在取笑我，我已经扩大了我的词汇量。”说完我推了他一下，“我准备上大学。”

“每天学多少个新词？”

“就几个。我更喜欢旧词，它们就像老朋友。”

但丁也推了我一下，说：“感情外露。这个词会成为你的老朋友吗？”

“也许不会。”

“你像你爸爸，是吗？”

“我猜是吧。”

“我妈妈也在为此烦恼，你知道吗？她不善于表达自己的感情，所以才会嫁给我爸爸。我就是这么想的。他能让她释放自己的感情。”

“他俩很般配。”

“是的。有趣的是，我有时觉得我妈妈爱我爸爸胜过我爸爸爱她。这有道理吗？”

“嗯，我想有吧。也许吧。爱是一场竞赛吗？”

“什么意思？”

“也许每个人的爱都不一样。也许这才是最重要的。”

“你知道你在说话，对吗？我是说你真的在说些什么。”

“我会说话，但丁。别这样。”

“你有时候会说话。有时候，我不知道，你只是避免自己说话。”

“我已经尽力了。”

“我知道。我们之间有什么规矩吗，阿里？”

“规矩？”

“你知道我在说什么。”

“嗯，我想我知道。”

“所以，什么规矩？”

“我不吻男孩。”

“好的，第一条规矩就是：别想吻阿里。”

“嗯，这就是第一条规矩。”

“我也有规矩给你。”

“好的，这很公平。”

“不许扔下但丁。”

“这是什么意思？”

“我以为你知道这是什么意思。有一天，有人会走到你面前问你：‘你为什么要和那个娘娘腔混在一起？’如果你不能像朋友一样支持我，阿里，如果你做不到，那也许，你知道的——那会要了我的命。你知道那会要了我的命，如果你——”

“这是忠诚问题。”

“是的。”

我大笑着说：“我要遵守的规矩更严格。”

他也大笑起来。

他拍拍我的肩膀，然后笑着说：“胡说，阿里。你要遵守的规矩更严格？胡说八道。一派胡言。你所要做的就是忠于你所见过的最聪明的男人，这就像光脚穿过公园一样。而我却不得不克制自己不去亲吻这个宇宙中最优秀的人，这就像光脚走在热炭上一样。”

“我听出来了，你还放不下光脚这回事。”

“我永远讨厌鞋子。”

“我们以后还会玩那个游戏，”我说，“就是你发明出来想弄坏自己的网球鞋的游戏。”

“很有趣，不是吗？”

他说这话的样子就好像知道我们再也不会玩那个游戏了。我们现在太老了。我们都知道我们已经失去了一些东西。

我们很长一段时间没有说话。

我们就这样静静地坐在他家门前的台阶上。等待着。我转头看了看，看见腿腿把头靠在了但丁的腿上。

第四章

那天晚上，我和但丁带着腿腿，开车去了沙漠里。那儿是我最喜欢的地方。黄昏刚过，星星就从白天躲藏的地方钻了出来。

“下次我们带着我的望远镜来。”

“好主意。”我说。

我们躺在皮卡后面，凝视着崭新的夜空。腿腿在沙漠里探险，我把它叫回来，它跳上车，在我和但丁之间给自己找了个地方。

“我喜欢腿腿。”但丁说。

“它也喜欢你。”

他指着天空说：“你看到大熊座了吗？”

“没有。”

“就在那儿。”

我在夜空中搜寻。“嗯，嗯，我看见了。”我说。

“真不可思议。”

“嗯，的确不可思议。”

我们都不说话了，就这么静静地躺着。

“阿里？”

“嗯？”

“你猜怎么着？”

“什么？”

“我妈妈怀孕了。”

“什么？”

“我妈妈要生孩子了。你能相信吗？”

“不是吧。”

“芝加哥很冷，我爸妈找了个方法取暖。”我俩都不由得哈哈大笑起来。

“哇，但丁，”我轻声说，“你会长成大哥哥。”

“嗯，真正的大哥哥，”他看着我说，“这会让你想起——你哥哥叫什么名字来着？”

“贝尔纳多。”

“这会让你想起他吗？”

“每件事都会让我想起他。有时候，我开着车就会想起他，我想知道他喜不喜欢皮卡，我想知道他是个什么样的人，我希望了解他，我不知道，我就是忘不了他。我并不了解他，他的事为什么会那么重要呢？”

“如果它困扰你，那就很重要。”

我没说话。

“你在翻白眼吗？”

“嗯，我想是吧。”

“我认为你应该和你爸妈聊聊。你应该让他们坐下来，告诉你一些事。让他们做成年人该做的事。”

“你不能强迫任何人做成年人该做的事，尤其是强迫一个成年人。”但丁听了我的话大笑起来，我俩都笑得很厉害，腿腿冲我们叫起来。

但丁说："我得接受我自己的建议。"他顿了一下接着说："我向上帝祈祷，希望我妈妈生个男孩。他最好喜欢女孩。"

我俩又大笑起来，腿腿又冲我们叫起来。

我们终于再次安静下来。我的耳边传来但丁的声音，在沙漠的夜晚，他的声音显得十分渺小："我必须告诉他们，阿里。"

"为什么？"

"因为我必须这么做。"

"如果你爱上一个女孩呢？"

"不会发生这种事，阿里。"

"他们会永远爱你，但丁。"

他什么也没说。突然，我听到他在哭。我任由他哭出来。除了倾听他的痛苦，我无能为力。我可以倾听他的痛苦。虽然几乎承受不了，但我只能做到这一点。倾听他的痛苦。

"但丁，"我轻声说，"难道你看不出他们有多爱你吗？"

"我要让他们失望了，就像我让你失望一样。"

"你没有让我失望，但丁。"

"你这么说只是因为我在哭。"

"不是的，但丁。"我站起来，坐到皮卡开着的后挡板边上。他也站起来，我们对视。"别哭，但丁。我没有失望。"

在回程的路上，我们在一家汽车汉堡店停车，喝了一杯根汁汽水[1]。"这个暑假你准备做什么？"我问。

---

[1] 一种含有二氧化碳和糖的无酒精饮料。

“我要去教会游泳队练习游泳，画画，还要找份工作。”

“真的呀，你要找份工作？”

“天哪，你的语气听起来就像我爸爸。”

“你为什么想工作？”

“了解生活。”

“生活。”我说，“工作。狗屎。群落交错区。”

“群落交错区？”

第五章

一天晚上，我和但丁在他房间里闲聊。他已经开始画油画了。他正在画架上画一幅很大的画。画被盖住了。

“我能看看吗？”

“不能。”

“你什么时候画完？”

“我画完的时候画完。”

“好吧。”我说。

他躺在床上，我坐在他的椅子上。

“最近读了什么好的诗集吗？”我问。

“没有，没读什么。”他看上去有点儿心不在焉。

“你在想什么，但丁？”

“没什么。”他回答。他从床上坐起来。“我在想接吻的事。”他说。

“哦。”我说。

“我认为我们应该试验一下。”

“我知道你要说什么，我的答案是不行。”

“你生我的气吗？”

“有点儿。”

他看起来有点儿难过，我不喜欢看他这样。“我更生我自己的气，”我说，“我总是听你的话。这不是你的错。”

“嗯。”他轻声应道。

“别哭，好吗？”

“好。”他说。

“你在哭。”

“我没有。”

“好吧。”

“好。”

第六章

我好几天没给但丁打电话。

他也没给我打电话。

但我就是知道他在生闷气。他的心情很糟糕，我也是。过了几天，我给他打电话。“你想早上去跑步吗？”我问。

“几点？”他问。

“六点半。”

“好的。”他说。

对一个不擅长跑步的人来说，他真的跑得很好。我和但丁一起跑步的时候会放慢速度，这无伤大雅。我们边跑边聊几句，还不时笑一笑。跑完步，我们在公园里和腿腿一起玩飞盘，相处得很融洽。我需要我们相安无事，他也需要。于是我们就相安无事了。

“谢谢你给我打电话。”他说，“我以为你或许不会再给我打电话了。”

有一段时间，生活似乎正常得有些异常。我并不期望我的暑假很正常。但是，正常也没什么问题。我可以接受正常的生活：早上去跑步，锻炼身体，然后去工作。

有时但丁会给我打电话，我们会聊一会儿，单纯闲聊，没什么特别的。他正在画一幅画，并且在科恩社区的药店找了份工作。他说他喜欢在那里工作，因为下班后可以去大学图书馆消磨时间。教授的儿子自然有点儿特权。他还说："你不会相信都有谁来买安全套。"

我不知道他这么说是不是为了逗我笑，但显然有点儿作用。

"我妈妈正在教我开车，"他说，"我们常常起争执。"

"我会让你开我的皮卡。"我说。

"我妈妈是最可怕的噩梦。"他说。

我们又大笑起来。这很好。没有但丁的笑声的暑假不完整。我们在电话里聊了很多，但暑假的前几周我们没怎么见面。

他很忙，我也是。

我想我们大部分时间都在忙着躲避对方。尽管我们都想把之前发生的事置之脑后，但阴影过了一段时间才消失。

一天早上，我跑步回到家时，发现妈妈不见了。她留了张字条告诉我她这天要重新组织食物银行。"你什么时候才能开始周六下午的志愿工作？你答应过的。"

不知道为什么，我决定给但丁打电话。"我自愿周六下午去食物银行工作。你想和我一起做志愿者吗？"我问。

"当然。我们要做什么？"

"我相信我妈妈会训练我们的。"我说。

我很高兴我问了这个问题。我想他。他回来后，我比他离开时更想他。

我不知道为什么。

我洗了个澡，看了看挂钟，还有点儿时间。我打开了那间空卧室的抽屉，拿出那个写着“贝尔纳多”的信封。我想把它拆开。也许拆开它的同时，也会拆开我的生活。

但我不能。我把它扔回了抽屉里。

整整一天，我都在想我的哥哥，我甚至不记得他长什么样子。我一直搞砸订单，经理让我集中注意力。“我付钱不是让你来耍酷的。”

我的脑海里冒出一句脏话，但我没有说出口。

下班后我开车经过但丁家。“想一醉方休吗？”我问。

他打量着我的脸。“当然。”他很有礼貌地没有问我出了什么事。

我回到家，冲了个澡，洗掉身上薯条和洋葱圈的味道。爸爸正在看书，家里似乎很安静。“妈妈呢？”

“她和你的姐姐们去图森看望奥费利娅姨妈了。”

“哦，我忘了。”

“家里只有我和你。”

我点了点头。“听起来很有趣。”我并不想语带讽刺。

我知道他在打量我。“出什么事了吗，阿里？”

“没有。我要出去了，和但丁去兜风。”

他点了点头，继续打量我。“你看起来有点儿不一样，阿里。”

“怎么不一样？”

“怒气冲冲。”

如果我再勇敢一点儿，就会说：怒气冲冲？我有什么好生气的？你知道什么，爸爸？我不在乎你是否告诉我有关越南的事。即使我知道战争俘虏了你，我也不在乎你是不是不想谈论它。但我在乎你不愿谈论我的哥哥。见鬼去吧，爸爸，我不能忍受你一直沉默下去了。

我想象着他的回答：沉默拯救了我，阿里。你不知道吗？你为什么对你哥哥的事如此着迷？

我想象着我的反驳：着迷，爸爸？你知道我从你和妈妈身上学到了什么吗？我学会了不说话，学会了如何将我的感受深深地埋在心底。我讨厌你这样。

“阿里？”

我知道我快哭了。我知道他能看出来。我讨厌让爸爸看到我内心的悲伤。

他朝我伸出手。“阿里——”

“别碰我，爸爸。别碰我。”

我不记得怎么开车去的但丁家。我只记得我坐在车里，车停在他家门口。

他的爸妈正坐在门廊的台阶上向我挥手，我也朝他们挥手。接着他们就来到了我的车门旁。我听见昆塔纳先生的声音：“阿里，你哭了。”

“嗯，有时候会这样。”我说。

“你应该进来坐坐。”昆塔纳太太说。

“不用。”

这时但丁出现了。他朝我笑了笑，然后朝他爸妈笑了笑。“我们走吧。”他说。

他爸妈没有问任何问题。

我默默地开车。我可以一直这么开下去。我不知道我是怎么找到沙漠中的目的地的，但我找到了。我的身体里好像藏着一个指南针。宇宙的秘密之一就是我们的直觉有时候比我们的思想更强大。我停好车，跳下车，砰的一声关上车门。“见鬼！我忘了带啤酒。”

“我们不需要啤酒。”但丁轻声说。

“我们需要啤酒！我们他妈的需要啤酒，但丁！”我不知道为什么要大喊大叫。我的喊叫声变成了抽泣。我扑进但丁怀里哭起来。

他抱着我，没有说一句话。

宇宙的另一个秘密：有时候，痛苦就像不知从哪里冒出来的风暴。最晴朗的夏日早晨也可能会下一场倾盆大雨，电闪雷鸣。

第七章

妈妈不在身边的感觉很奇怪。

我不习惯煮咖啡。

爸爸留了张字条。你还好吗?

还好，爸爸。

我很高兴腿腿用吠叫打破了家里的寂静。它以这种方式提醒我该去跑步了。

那天早上，我和腿腿跑得比平时快。我跑步的时候尽量不去想任何事情，但没有用。我想到了爸爸、哥哥和但丁。我一直在想但丁，一直想要理解他，一直在想我们为什么会是朋友，为什么这看起来如此重要。这对我们俩都很重要。我讨厌去想各种人和事，尤其是那些我无法解答的谜题。我把注意力转移到图森的奥费利娅姨妈身上。我不知道我为什么从来没有去看望过她。我并不是不爱她。她一个人生活，我本应该去看看她，但我从没去过。我有时会给她打电话。说来很奇怪，我可以和她聊天儿，她总是让我感到自己被人疼爱着。我想知道她是怎么做到这一点的。

我洗完澡擦身子的时候，盯着镜子里的自己看。我上下打量，人的身体多么奇怪呀。有时候就是感觉有点儿奇怪。我想起姨妈曾经对我说过的话："身体很美好。"没有哪个大人对我说过这样的话。我想知道我是否会觉得自己的身体美好。奥费利娅姨妈解开了宇宙中的一些秘密，而我好像什么都没解开。

我甚至还没解开自己身体的秘密。

第八章

上班路上，我在但丁打工的药店门口停下脚步。我只是想看看他是不是真的在工作。我走进药店，他正站在柜台后面，忙着把香烟摆到货架上。

“你穿鞋了吗？”我问。

他笑起来。我盯着他的名牌，上面写着但丁·Q。

“我刚才正在想你。”他说。

“嗯？”

“几个女孩刚来过。”

“女孩？”

“她们认识你，我们聊了几句。”

不用他说我就知道那些女孩是谁。“吉娜和苏茜。”我说。

“是的，她们人很好，也很漂亮。她们和你一起上学。”

“嗯，她们人很好，很漂亮，但也爱出风头。”

“她们看见了我的名牌，对视了一眼，然后其中一个问我是不是认识你。我觉得这个问题很有意思。”

“你是怎么回答的？”

“我说认识你，还说你是我最好的朋友。”

“你这么跟她们说的？”

“你是我最好的朋友。”

“她们还问了别的吗？”

“嗯，她们问我知不知道一场意外以及你断腿的事。”

“难以置信。难以置信！”

“怎么了？”

“你告诉她们了？”

“我当然告诉她们了。”

“你告诉她们了？”

“你为什么要生气？”

“你告诉了她们发生了什么事？”

“我当然说了。”

“我们定了规矩，但丁。”

“你在生气？你在生我的气？”

“我们定了规矩，不能谈论那场意外。”

“错。规矩是我们之间不能谈论那场意外。规矩不适用于其他人。”

我身后有人排起了队。

“我得工作了。”但丁说。

那天下午晚些时候，但丁打电话到我上班的查克勒汽车汉堡店，问：“你为什么生气？”

“我只是不想让其他人知道那件事。”

“我搞不懂你，阿里。”说完他挂断了电话。

我早就料到会发生这样的事，果然发生了。我下班的时候，吉娜和苏茜出现在查克勒汽车汉堡店。

"你说的是实话。"吉娜说。

"那又怎样？"我说。

"那又怎样？你救了但丁的命。"

"吉娜，我们别讨论这件事了。"

"你听起来不太高兴，阿里。"

"我不喜欢讨论这件事。"

"为什么不喜欢，阿里？你是英雄。"苏茜·伯德不解地问。

吉娜也问道："我们为什么对你最好的朋友一无所知？"

"是呀，为什么？"

我看着她俩。

"他很可爱，我也会为了他扑到疾驰的车前。"

"闭嘴，吉娜。"我说。

"他为什么要成为秘密？"

"他不是什么秘密，只是他在教会学校上学。"

苏茜一脸如痴如醉的模样，说："教会学校的男孩就是这么可爱。"

"教会学校的男孩糟透了。"我说。

"我们什么时候有机会认识他呀？"

"永远没机会。"

"哦，你想独占他。"

"别再说下去了，吉娜，你真要惹我生气了。"

"你真的很敏感，你知道吗，阿里？"

"见鬼去吧，吉娜。"

"你真的不希望我们认识他，是吗？"

“我才不在乎。你们知道他在哪儿工作，去烦他吧。也许这样你们才不会来烦我。”

第九章

“我不明白你为什么这么生气。”

“你为什么要把整件事告诉吉娜和苏茜？”

“你怎么了，阿里？”

“我们说好了不谈论这件事的。”

“我搞不懂你。”

“我自己都搞不懂我自己。”

我从但丁家门廊的台阶上站起来。“我要走了。”我望向街对面，但丁在那里追赶那两个打鸟的男孩的情景，至今依然历历在目。

我打开车门，爬进车里，砰的一声关上车门。但丁站在车前。“你希望你没有救我的命吗？是这样吗？你希望我死？”

“当然不是。”我低声说。

他就站在车前看着我。

我头也没回地发动了车。

“你是宇宙中最难以捉摸的家伙。”

“是的，”我说，“我猜我是的。”

我和爸爸一起吃的晚饭。我们都很安静，轮流给腿腿喂饭。“妈妈不会允许的。”

"是的，她不会。"

我们都尴尬地笑了笑。

"我要去打保龄球，你想去吗？"

"保龄球？"

"是的，我要和萨姆一起去打保龄球。"

"你要和但丁的爸爸一起去打保龄球？"

"是的，他邀请我。我觉得出去玩玩挺好，你和但丁想一起去吗？"

"我不知道。"我说。

"你们吵架了？"

"没有。"

我给但丁打电话，说："我们的爸爸要一起去打保龄球。"

"我知道。"

"我爸爸想知道我们想不想一起去。"

"告诉他不想。"但丁说。

"好的。"

"我有更好的主意。"

昆塔纳先生开车接我爸爸一起去打保龄球。我觉得这很奇怪。我都不知道我爸爸会打保龄球。"男孩之夜。"昆塔纳先生说。

"喝酒后别开车。"我说。

"你越来越像但丁了。"他说，"那个彬彬有礼的年轻人哪儿去了？"

"他还在这儿，"我说，"我没叫你萨姆，不是吗？"

我爸爸看了我一眼。

“再见。”我说。

我目送他们开车离开。我看着腿腿说：“我们走。”它跳上皮卡，我们开车去但丁家。他正坐在门廊的台阶上和他妈妈说话。我挥了挥手，和腿腿一起跳下车，走上台阶，弯下身来亲了昆塔纳太太一下。我上次见她时，跟她打了声招呼，还握了握手，我觉得那样很蠢。“亲一下脸颊就行，阿里。”她说。于是，这成了我们新的问候方式。

太阳已经落山了。尽管还是很热，但有风习习吹拂，云也在聚集，看起来暴雨即将来临。昆塔纳太太的头发随风飘动，这让我想起了我的妈妈。“但丁在给他的小弟弟想名字。”

我看向但丁。“如果是个女孩呢？”

“他会是个男孩。”他的声音里没有一丝怀疑。“我喜欢迭戈这个名字。我还喜欢华金、哈维尔、拉斐尔和马克西米利亚诺。”

“这些名字听起来很墨西哥。”我说。

“嗯，是的，我尽量避开了那些古老的传统的名字。而且，如果他有个墨西哥名字，也许他会觉得自己更像墨西哥人。”

他妈妈脸上的表情告诉我，他们已经讨论过这个问题很多次了。

“萨姆怎么想？”我问。

“萨姆没意见。”他说。

昆塔纳太太笑着说：“母亲有发言权吗？”

“没有，”但丁说，“母亲只管生孩子。”

她倾身吻了吻他。然后，她抬头看着我说：“你们俩要去看星星？”

“嗯，就用眼睛看星星，不用望远镜，”我说，“是我们三个。您忘了腿腿。”

“没忘。”她说，“腿腿要跟我待在一起，我需要陪伴。”

“好的，”我说，“如果您想的话。”

“它是只好狗。”

“嗯，它是。您现在喜欢狗了？”

“我喜欢腿腿，它很听话。”

“嗯，”我说，“它很听话。”

腿腿好像听得懂人话。当我和但丁跳上皮卡时，它就老实地待在昆塔纳太太身旁。我不禁想，真是奇怪，狗有时候能理解人类的需求和行为。

我发动车之前昆塔纳太太对我说：“答应我，你会小心开车。”

“我答应您。”

“别忘了那场雨。”她说。

第十章

我开车前往我在沙漠中的据点时，但丁把东西拿了出来。

我们先是会心一笑，然后哈哈大笑起来。

“你是个坏男孩。”我说。

“你也是个坏男孩。”

“我们一直想做坏男孩。”

“如果我们的爸妈知道了。”我说。

“如果我们的爸妈知道了。”他说。

我们哈哈大笑。

“我从没抽过。”

“不难学。”

“你从哪儿弄来的？”

“丹尼尔给的，他和我一起工作。他对我很好。”

“于是你说服他给了你一些烟，对吧？”

尽管我的眼睛一直盯着路，我还是知道他在笑。

“你喜欢说服别人，是吗？”

“我不会回答这个问题。”

天空中划过闪电，响起雷声，仿佛能嗅到雨的味道。

我和但丁下了车，一句话也没有说。他点燃了烟，我试了一口，吸进肺里有点儿难受。我和但丁靠坐在后挡板前，一直看着对方，大笑，根本停不下来。

突然，风势变大，雷声和闪电越来越近，天空开始飘雨。我们跑进车里，笑得停不下来，也不想停下来。“太疯狂了，”我说，“感觉太疯狂了。”

“疯狂，”他说，“疯狂，疯狂，疯狂。”

“天哪，疯狂。”

我希望我们永远笑下去。我们听着车外的倾盆大雨。雨下得真大，就像那天晚上一样。

“我们出去吧，”但丁说，“我们到雨里去吧。”我看着他脱掉所有的衣服，除了脚上的网球鞋。这真的很有趣。“好了。”他抓住门把手，“你准备好了吗？”

“等等。”我说。我也脱掉所有的衣服，只剩下我的网球鞋。

我们对视，哈哈大笑。

“你准备好了吗？”我说。

“准备好了。”他说。

我们跑进雨里。天哪，雨水可真冷。

“妈的！”我大叫。

“妈的！”但丁叫道。

“我们他妈的疯了。”

“是的，是的！”但丁大笑。我们围着皮卡狂奔，光着身子大笑，雨水拍打着我们的身体。我们围着皮卡跑了一圈又一圈，直到累得喘不过气来。

我们坐回车里，哈哈大笑，大口喘气。这时，雨停了。沙漠里就是这样，突然下起倾盆大雨，突然天晴。我打开车门走出去，风没有停，空气很潮湿。

我朝天空张开双臂，闭上双眼。

但丁站在我身旁。我能感觉到他的呼吸。

“我饿了。”他说。

“我也是。”

我们穿上衣服，开车回去。

“我们吃什么？”我问。

“杂烩汤。”他说。

“你喜欢杂烩汤。”

“是的。奇科塔可店怎么样？”

“他家没有杂烩汤。”

“好吧，阿拉梅达大街的好运咖啡馆怎么样？”

“我爸爸喜欢那家店。”

“我爸爸也喜欢。”

“他们在打保龄球。”我说。

“他们在打保龄球。”我们笑得停不下来，我不得不靠边停车。

我们到达好运咖啡馆的时候，已经饿得不行了，各自点了一份玉米卷饼和杂烩汤。

“我的眼睛红了吗？”

“没有。”我说。

“很好，我想我们可以回家了。”

“嗯。”我说。

“不敢相信我们都做了什么。”

“我也是。”

“但很有意思。”他说。

“天哪，”我说，“简直棒极了。”

第十一章

爸爸一早把我叫醒。“我们去图森。”他说。

我从床上坐起来，盯着他。

“过来喝杯咖啡。”

腿腿跟着他走出房间。

我不知道他有没有生我的气，也不知道我们为什么要去图森。我有点儿不清醒，仿佛刚从睡梦中惊醒。我穿上牛仔裤，朝厨房走去。爸爸递给我一杯咖啡。“你是我认识的唯一会喝咖啡的孩子。”

我想跟他闲聊几句，假装我并没有在想象中和他对话。虽然他并不知道我说了些什么，但我自己知道。我知道我想说那些话，即使我没有说出口。“总有一天，爸爸，全世界的孩子都会喝咖啡。”

“我要抽支烟。”他说。

我和腿腿跟着他来到后院。

我看着他点燃一支烟。“打保龄球好玩儿吗？”

他咧嘴一笑。“还挺好玩儿的。我保龄球打得很烂，幸好萨姆也打得不怎么样。”

“你应该多出去玩玩。”我说。

“你也是。”他吸了一口烟，“你妈妈昨晚来电话，说你姨妈中风很严重，可能撑不过去了。”

我还记得有一年暑假和姨妈住在一起，当时我还小。她是个和善的女人，一直没结婚，但这不重要。她了解男孩，知道怎么逗男孩笑，也知道如何让男孩觉得自己是宇宙的中心。她和其他家庭成员分开生活，没人跟我解释过其中的原因，我也从没关心过这个问题。

“阿里，你在听吗？”

我点了点头。

“你有时候会走神儿。”

“没有，算不上走神儿，我只是在思考。我小时候有一个暑假是和她一起过的。”

“是的，你当时都不想回家了。”

“真的？我不记得了。”

“你爱上她了。”他笑道。

“也许吧。我不记得我有过不爱她的时候，真是奇怪。”

“为什么奇怪？”

“我对其他的舅舅和姨妈都没有这种感觉。”

他点了点头。“如果世界上有更多像她这样的人，那就太幸运了。她和你妈妈每周都通信，这么多年来坚持每周通一次信，你知道吗？”

“不知道。那可是很多信。”

“她都保存了下来。”

我喝了口咖啡。

“你能把工作上的事安排好吗，阿里？”

我想象得到爸爸在军队里的样子——很负责的样子。他的声音平静又镇定。

“嗯。我只是负责烤汉堡而已。他们能拿我怎么样，开除我？”这时，腿腿朝我叫起来，它习惯了晨跑。我看着爸爸说：“腿腿怎么办呢？”

“找但丁。”他说。

但丁的妈妈接了我的电话。“您好，”我说，“我是阿里。”

“我知道。”她说，“你起得真早。”

“嗯，”我说，“但丁起床了吗？”

“你在开玩笑吗，阿里？他上班前半个小时才会起床，不会早起一分钟。”

我们都笑起来。

“嗯，我可能需要帮助。”我说。

“说吧。”她说。

“嗯，我姨妈中风了，妈妈已经去看她了，我和爸爸也要尽快赶去。可是，家里还有腿腿，我想也许——”她没让我把话说完。

“我们当然能照顾它，它可是个很好的伴儿，昨晚还靠在我的腿上睡着了。”

“可是你们要上班，但丁也要上班。”

“没关系，阿里。萨姆整天都在家，他正在写书。”

“谢谢。”我说。

“别谢我，阿里。”她的声音听起来比我们第一次见面时快乐和轻松许多。也许是因为她要生孩子了。也许就是这个原因，并不是因为她还没有去叫但丁起床。

我挂断电话，然后收拾了些东西。这时，电话响了，是但丁打来的。“你姨妈的事我感到很遗憾。但是，嘿，我有腿腿了！”他有时候就是这么一副大男孩的样子。也许，他永远都是大男孩，就像他爸爸一样。“嗯，你有腿腿了。它喜欢晨跑，要起得很早。”

“多早？”

“我们通常五点四十五分起床。”

“五点四十五！你疯了吗？不睡觉吗？”

这家伙总能逗笑我。“谢谢你做这些。”我说。

“你还好吗？”他说。

“嗯。”

“你那么晚回家，你爸爸教训你了吗？”

“没有，他在睡觉。”

“我妈妈想知道我们做了什么。”

“你怎么对她说的？”

“我说因为暴风雨，我们没有看成星星。雨下得很大，我们被暴风雨困住了，就坐在车里聊天儿。雨停了，我们又饿了，于是就去喝了杂烩汤。她带着怀疑的表情看着我说：‘我怎么不相信你？’我回道：‘因为你生性多疑。’然后她就不再追问了。”

“你妈妈的直觉很准。”我说。

“嗯，可是，她没有证据。”

“我敢打赌她什么都知道。”

“她怎么会知道？”

“我不知道，但我打赌她都知道。”

“你这么说我不得不多想了。”

“好吧。”

我俩哈哈大笑起来。

那天早上晚些时候，我们把腿腿送到但丁家。爸爸还把我们家的钥匙给了昆塔纳先生，但丁得帮忙给我妈妈的植物浇水。“别偷我的车。”我说。

“我是墨西哥人，”他说，“我知道怎么利用短路连线发动汽车。”我真的忍不住大笑起来。“听着，喝杂烩汤和利用短路连线发动汽车是两种完全不同的艺术形式。”我说。

我俩傻乎乎地笑起来。

昆塔纳太太看了我们一眼。

我们和但丁的爸妈一起喝了杯咖啡。但丁带腿腿参观了一下他的家。“我打赌但丁会鼓励腿腿咬坏他所有的鞋。”我们都大笑起来，除了我爸爸。他不知道有关但丁和他的鞋的战争的故事。但丁和腿腿回到厨房里时，我们笑得更大声。腿腿的嘴里叼着但丁的一只鞋。“看它找到了什么，妈妈！”

第十二章

在去图森的路上，我和爸爸没怎么说话。“你妈妈很伤心。”他说。我知道他想起了过去的事。

“你想让我来开车吗？”

“不用。”他说。但他后来改了主意。“好吧。”我们在下一个出口暂歇，加了点儿汽油，喝了杯咖啡。然后，他把车钥匙递给我。他的车比我的皮卡好开多了。我笑着说：“除了我的皮卡，我还没开过别的车。”

“如果你能开皮卡，就能开其他车。”

“昨晚的事我很抱歉。”我说，“有时候我心里有些东西，就是一些情绪。我不知道该拿它们怎么办，那些情绪可能没有任何意义。”

“这很正常，阿里。”

“我不认为我很正常。”

“对一些事情有情绪很正常。”

“但我生气了，我真的不知道愤怒从何而来。”

“也许我们应该多聊聊。”

“爸爸，我们俩谁更擅长聊天儿呢？”

“你更擅长，阿里。你只是跟我在一起的时候不会聊天儿。”

我没说话。稍后我开口道："爸爸，我不擅长聊天儿。"

"你总是跟你妈妈聊天儿。"

"嗯，但那是因为不得不说话。"

他大笑起来。"我很高兴她让我们说话。"

"如果没有她，我们会在沉默中死去。"

"我们现在就在聊天儿，不是吗？"

我瞥了他一眼，看见他在微笑。"嗯，我们在聊天儿。"

他摇下车窗。"你妈妈不让我在车里抽烟。你介意吗？"

"不，我不介意。"

香烟的味道总是让我想起他。他抽着烟，我开着车。我不介意沉默、沙漠和无云的天空。

语言对沙漠有什么意义呢？

我的思绪开始飘忽。我想到了腿腿和但丁，想知道但丁看着我的时候看见了什么，想知道自己为什么不看他给我的素描。永远不想看。我想到了吉娜和苏茜，想知道我为什么从来没给她们打过电话。她们不停地烦我，那是她们对我表达友好的方式。我知道她们喜欢我，我也喜欢她们。为什么男生不能和女生做朋友？这有什么错？我想到我哥哥，想知道他是不是和姨妈很亲近。我想知道为什么这么好的一个女人会和家人分开住，想知道为什么我四岁的时候会和她一起度过一个暑假。

"你在想什么？"我听见爸爸的声音。他几乎从没问过这个问题。

"我在想奥费利娅姨妈。"

"你想到了什么？"

“那年暑假你们为什么会把我送去她那儿？”

他没有回答。他摇下车窗，沙漠的热气涌进开着空调的车里。我知道他又要抽烟了。

“告诉我。”我说。

“那段时间你哥哥正在受审。”他说。

这是他第一次跟我说起我哥哥，我什么也没说，想让他继续说下去。

“我和你妈妈那段时间很难熬。我们一家人都很难过，你的姐姐们也一样。我们不想让你——”说到这里他停顿了一下，“我想你知道我要说什么。”他脸上有一种非常严肃的表情，比平时严肃很多。“你哥哥很爱你，阿里。他真的很爱你。他不想让你在他身边，不希望你那样看他。”

“所以你们把我送走了。”

“是的，我们把你送走了。”

“这根本没用，爸爸。我一直在想他。”

“对不起，阿里。我只是——真的对不起。”

“我们为什么不能——”

“阿里，事情比你想的更复杂。”

“能有多复杂？”

“你妈妈崩溃了。”我能听到他猛吸了一口烟。

“什么？”

“你在奥费利娅姨妈家待了不止一个暑假，你在那里住了九个月。”

“妈妈？我不能——我只是——妈妈？妈妈真的——”我想向

爸爸要一支烟。

“你妈妈真的很坚强，可是，我不知道，生活没有逻辑可言，阿里。就好像你哥哥已经死了一样，你妈妈变成了另外一个人，我几乎不认识她了。你哥哥被判刑的时候，她崩溃了，伤心欲绝。你不知道她有多爱你哥哥。我不知道该怎么办。有时候，甚至是现在，我看着她时都想问一句：‘一切都结束了，对吗？’她重新回到我身边的时候，阿里，她看起来很脆弱。随着时间的流逝，她恢复了原样。她又变得坚强起来，而且——”

我听见爸爸的哭声。我把车停在路边。“对不起，”我低声说，“我不知道。我不知道，爸爸。”

他点了点头，下了车，站在酷暑中。我知道他在努力恢复平静，就像在整理凌乱的房间一样。我让他一个人待了一会儿，但随后我决定和他一起承受。我觉得也许我们太多时候都不够关心对方。我们正因让对方独自承受一些事情而受到伤害。

“爸爸，有时候我会因为你们假装他死了而讨厌你和妈妈。”

“我知道。对不起，阿里。对不起，对不起，对不起。”

第十三章

我们到达图森的时候，奥费利娅姨妈已经去世了。

在她的葬礼上，人们站立默哀。显然，大家都深爱着她，除了她的家人。我们是仅有的几个出现在她葬礼上的家人。我妈妈、我爸爸、我的姐姐们和我。

我不认识的人走到我面前。“是阿里吗？”他们会问。

“是的，我是阿里。”

“你姨妈很爱你。”

我很羞愧。我为把她留在记忆边缘而感到十分羞愧。

第十四章

我的姐姐们在葬礼结束后就各自回家了。

我和爸妈留了下来。爸妈把姨妈家的门窗关好。妈妈清楚该做些什么，我几乎无法想象她正处于崩溃的边缘。

“你一直在看我。”一天晚上，一场夏日的暴风雨从西边翻涌而来之时她说。

“有吗？”

“你一直很安静。”

“我平时就这样。”

“他们为什么不来？”我问，“舅舅和其他姨妈？他们为什么不来？”

“他们不喜欢奥费利娅姨妈。”

“为什么不喜欢？”

“她和一个女人生活在一起，很多年。”

我点了点头。“好吧。”我说。

“你介意吗？”

“不介意。”

我一直在玩盘子里的食物。我抬头看看爸爸，他没有等我开口提问。

“我喜欢奥费利娅。”他说，“她人很好，是个正派人。”

“她和弗兰妮一起生活对你来说没什么大不了？”

“有些人觉得这是个事，”他说，“阿里，你舅舅和姨妈们就没法儿接受。”

“但你觉得这没什么？”

爸爸脸上露出一种奇怪的表情，仿佛在努力抑制自己的愤怒。我知道他的愤怒是针对妈妈的家人，我想他也明白他的愤怒没什么用。“如果我们在乎这个事，你觉得我们会让你过来和她住在一起吗？”说完他看向我妈妈。

妈妈朝他点点头。“等我们回家，我要给你看你哥哥的照片。这样行吗？”

她伸手来擦我的眼泪，我说不出话来。

“我们做出的决定不一定都正确，阿里。我们只是尽力做到最好。”

我点了点头，但什么也说不出来，无声的眼泪一直顺着脸颊流下来，我的身体里仿佛有条河。

“我想我们伤害了你。”

我闭上眼睛，止住眼泪，然后说：“我哭是因为高兴。”

第十五章

我给但丁打电话，告诉他我们过几天就回家。除了告诉他姨妈把房子留给了我，我没告诉他任何关于我姨妈的事。

“什么？”他说。

“是的。”

“哇。”

“我也很惊讶。”

“是大房子吗？”

“嗯，很大的房子。”

“你准备怎么处理那房子？”

“姨妈的一个朋友想把房子买下来。”

“你打算拿那些钱做什么？”

“我不知道，还没想过。”

“你觉得她为什么把房子留给你？”

“我不知道。”

“你可以辞掉查克勒汽车汉堡店的工作了。”

但丁总是能逗笑我。

“你最近在忙什么呢？”

“在药店工作。我跟一个男孩出去玩了。”他说。

“嗯？”我说。

“嗯。”

我想问那个男孩的名字，但我没问。

他主动改变话题。我知道但丁在转移话题。“我爸妈很喜欢腿腿。”

第十六章

7月4日，我们还待在图森。

我们去看烟火。

爸爸让我和他一起喝啤酒，妈妈假装不赞成。但如果她真的不同意，就会阻止我们。

“这不是你第一次喝啤酒，对吗，阿里？”

我不准备骗她。

“妈妈，我告诉过你，如果我要违反规矩，我会背着你那么做。”

“没错，”她说，“你说过这话。你喝酒后没有开车，对吗？”

“没有。”

“你发誓？”

“我发誓。”

我一边慢慢喝啤酒，一边看烟火。我觉得自己像个小男孩。我喜欢烟火，喜欢看它们在空中炸开，喜欢人们不时发出的惊叹。

“奥费利娅经常说弗兰妮就是独立日[1]。”

“说得真好，”我说，“她后来怎么了？”

---

[1] 7月4日是美国独立日。

“得癌症死了。”

“什么时候？”

“好像是六年前。”

“你来参加葬礼了吗？”

“是的。”

“你没有带我来。”

“没有。”

“她以前常送我圣诞礼物。”

“我们应该告诉你的。”

第十七章

我想我爸妈认为这世界上有太多秘密。我们离开姨妈家之前，妈妈把两个盒子放进汽车后备厢。“那是什么？”我问。

“我写给她的信。”

“你准备怎么处理它们？”

“我准备把它们给你。”

“真的？”

我怀疑我的笑容是否和她的一样灿烂，也许一样灿烂，但不如她笑得好看。

第十八章

从图森回埃尔帕索的路上，我一直坐在后排的座位上。我看见爸妈在前面手牵着手，偶尔对视一眼。我望向窗外的沙漠，想起我和但丁那天晚上在雨中光着身子疯跑的情景。

“这个暑假剩下的时间你准备做什么？”

“我不知道。去查克勒汽车汉堡店打工，和但丁一起玩，锻炼身体，看书，大概就这样吧。”

“你没必要工作，”爸爸说，“你余生有的是时间工作。”

“我不介意工作。不然，我应该做什么呢？我不喜欢看电视。我和同龄人脱节了，这都要感谢你和妈妈。”

“从现在开始，你可以看所有你喜欢的电视节目。”

“太迟了。”

他俩大笑起来。

“这一点儿也不好笑。我是全宇宙最不酷的十七岁孩子。这都怪你们。”

“都是我们的错。”

“是的，都是你们的错。”

妈妈转过头来看我是不是在笑。

“也许你和但丁应该一起去旅行，一起去野营什么的。”

“我可不这么想。”我说。

“你应该想想，”妈妈说，“现在是暑假。”

我想，现在是暑假。我一直在想昆塔纳太太说过的话：别忘了那场雨。

“前面有暴风雨，”爸爸说，“我们就要开过去了。”

我望向前方窗外的乌云，打开后窗，嗅到了雨的味道。在沙漠中，哪怕还没落下一滴雨，你也可以嗅到雨的味道。我闭上眼睛，把手伸向窗外，第一滴雨坠落其上，仿佛一个吻。天空在亲吻我。这么想很美好，这是但丁会有的想法。另一滴雨紧随其后，一滴又一滴。一个吻一个吻，又一个吻。我想到我做过的那些梦，全都和接吻有关。但我不知道我在吻谁，我看不见。在梦里就像现在这样，我们站在倾盆大雨中。我摇上车窗，突然觉得很冷。我的手臂湿了，T恤的肩膀部位也湿透了。

爸爸把车停在路边。“不能再开了。”他说。

四周除了黑暗、瓢泼大雨和我们沉默的敬畏，什么也没有。

妈妈牵着爸爸的手。

暴风雨总是让我觉得自己很渺小。

男孩们都会感到孤独吗？

夏日的阳光不适合我这样的男孩。我这样的男孩属于雨。

宇宙的全部秘密

整个青春时光，我都在寻找你

却不知道自己在寻找什么

——W. S. 默温

第一章

返回埃尔帕索的途中，雨一直断断续续。我不时困得睡着，但每逢大雨我都会醒来。

回家的路途让人感觉非常平静。

车外，可怕的暴风雨时断时续。车内却很温暖。狂暴而变化莫测的天气没有吓到我。不知为何，我有一种受到保护的安全感。

有一次我睡着了，开始做梦。我想我可以按需做梦。我梦见我和爸爸、哥哥一起抽烟。我们在后院，妈妈和但丁站在门口，看着我们。

我不知道这是个美梦还是个噩梦。也许是个美梦，因为我醒来的时候并不觉得悲伤。也许这就是衡量一个梦是好是坏的方法——以它带给你的感受来衡量。

“你在想那场意外吗？”耳边传来妈妈温柔的声音。

“为什么这么问？”

“下雨难道不会让你想起那场意外？”

“有时候会。”

“你和但丁聊过那场意外吗？”

“没有。”

“为什么？”

"就是没聊过。"

"哦，"她说，"我以为你们俩无话不说。"

"没有，"我说，"我们和世界上的其他人一样。"我知道我说的不是事实，我们和世界上的其他人不一样。

我们到家的时候，恰逢倾盆大雨。雷电交加，狂风大作，这是夏季最猛烈的暴风雨。我和爸爸把行李箱提进家，浑身湿透了。妈妈打开灯，趁我和爸爸换干衣服的时候，泡好了茶。

"腿腿讨厌打雷，"我说，"雷声会让它耳朵疼。"

"我相信它现在正睡在但丁身旁。"

"嗯，我猜是这样的。"我说。

"想它了？"

"是的。"我想象着腿腿趴在但丁脚边，随着雷声呜咽。我想象着但丁亲吻它，安抚它说没事。但丁喜欢亲吻他的爸妈，喜欢亲吻男孩，喜欢亲吻女孩，当然也喜欢亲吻狗。也许亲吻是人类行为的有机组成部分。也许我不是人类。也许我不是自然法则的一部分。而但丁享受亲吻。为什么我要在暴雨天和爸妈一起坐在厨房的餐桌旁时思考这些事？我试图把思绪拉回我住的地方，拉回厨房，拉回我所坐之处。我讨厌我脑海里冒出的这些东西。

爸妈在聊天儿，我坐在一旁想要听他们说些什么，但我根本没有认真听，只顾着想自己的事情。我的思绪四处飘散。我突然想到了哥哥，我总是会想起他，他就像是我在沙漠中最喜欢的停车点，每次我都径直开到那儿。我想知道有哥哥在身边的生活会是什么样。也许他可以教我如何做个男子汉，男子汉对身边的事应该有什么感受，应该做些什么，应该如何反应。也许我会很高兴。但也许我的生活还是一成不变，或者会变得更糟。我的意思并不是说我的生活很糟糕，我清楚这一点。我有爸爸和妈妈，他们关心我，我还有只狗，以及最好的朋友但丁。但我心里就是有什么东西在游动，一直让我感觉很难受。

我想知道是不是所有的男孩都有这样的阴暗面。是的，也许连但丁也不例外。

我感觉到妈妈在看我。她在打量我。又来了。

我冲她笑了笑。

“我想让你告诉我你在想什么，但我觉得你不会告诉我。”

我耸了耸肩。我指着爸爸说：“我想我太像他了。”

爸爸不由得大笑起来。他看上去很疲惫，但就在我们围坐在厨房的餐桌旁时，他看起来很年轻。我想也许他在变成另一个人。

每个人都会变成另一个人。

有时候，当你年纪大一些时，反而会变得更年轻。而我，我觉得自己已经老了。一个即将满十七岁的人怎么会觉得自己老了呢？

我入睡时雨仍未停歇。远处传来隐隐的雷声，那柔和的声音听起来更像遥远的低语。

我睡着了。做梦了。又是那个梦，我亲吻某人的那个梦。

醒来后，我去冲了个冷水澡。

第二章

不知道为什么，我心里有种奇怪的感觉。不仅是因为做梦、亲吻或冲冷水澡，还有什么事不对劲。

我穿着适合在凉爽的早晨跑步的衣服，走路去但丁家接腿腿。我喜欢沙漠地区雨后的潮湿。

我敲响但丁家的门。

现在还早，但也不算太早。我知道但丁可能还在睡觉，但他爸妈应该已经醒了。我想见腿腿。

昆塔纳先生开了门。腿腿冲出来，扑向我。我任由它舔我的脸，我不常让它这么做。“腿腿，腿腿，腿腿，我想你！”我不停地抚摩它。然而，当我抬起头来时，我发现昆塔纳先生看起来——他看起来，我不知道——他的表情有点儿奇怪。

我知道有什么不对劲。我看着他，还没来得及提问。

“但丁……”他说。

“什么？”

“他在医院。”

“什么？出了什么事？他还好吗？”

“他被打得很惨。他妈妈在医院陪他。”

“出了什么事？”

“你想喝杯咖啡吗，阿里？”

我和腿腿跟着他来到厨房。昆塔纳先生给我倒了一杯咖啡。他把杯子递给我，我们面对面坐了下来。腿腿把头放在昆塔纳先生的腿上。他不停地抚摩它的头。我们静静地坐着，我一直看着他，等他开口。最后，他说：“你和但丁有多亲密？”

“我不明白这个问题。”我说。

他咬了咬嘴唇。“你对我儿子了解多少？”

“他是我最好的朋友。”

“我知道，阿里。可是，你对他了解多少？”

他听起来有点儿不耐烦，而我则在装傻。我很清楚他在问什么，我能感觉到胸口的心跳。“他告诉您了吗？”

昆塔纳先生摇了摇头。

“所以您一直都知道。”我说。

他没有说话。

我知道我得说点儿什么。他看起来很迷茫，很害怕，很伤心，很疲惫，我不想看到他这样，因为他是个善良的好人。我知道我得跟他说点儿什么，但我不知道该说什么。“好吧。”我说。

“好吧？什么，阿里？”

“你们在芝加哥的时候，但丁跟我说他很特殊。”我想但丁是在信里这么说的。

他点了点头，盯着他的咖啡杯看。

“我想我知道。”他说。

“您是怎么知道的？”

“有时候他看你的眼神。”

“哦。”我低头看向地板。

“可是他为什么不告诉我，阿里？”

“他不想让您失望。他说——”我停下来，把目光从他身上移开。但随后我强迫自己直视他那双满怀希望的黑眼睛。尽管我觉得自己背叛了但丁，但我知道我必须和他谈谈。我必须把一些事情告诉他。“昆塔纳先生——”

“叫我萨姆。”

我看着他说：“萨姆。”

他点点头。

“他很爱您，我想您知道这一点。”

“如果他那么爱我，为什么不告诉我？”

“和爸爸谈心并没有那么容易。即使是您这样的爸爸，萨姆。”

他不安地啜了一口咖啡。

“他很高兴您又要有一个孩子了，不仅是因为他要当哥哥了。他说：‘他必须是个男孩。’他是这么说的。这样您就可以抱孙子，就会高兴了。”

“我不在乎什么孙子，我在乎的是但丁。”

我讨厌看着泪水从萨姆的脸颊上滑落。

“我爱但丁，”他低声说，“我爱这个孩子。”

“他很幸运。”我说。

他对我笑了笑。“他们打他，”他轻声说，“他们狠狠地打了我的但丁。他们弄裂了他的肋骨，还使劲打他的脸。他到处都是伤。他们打了我的儿子。”

想把一个成年男人抱进怀里安慰是很奇怪的想法，但我现在就想这么做。

我们喝完了咖啡。

我没有再问任何问题。

第三章

我不知道该怎么跟爸妈说这件事。我并不是什么都不知道。我知道有人——也许是好几个人狠狠地打了但丁，他受伤进了医院。我知道这跟另一个男孩有关。我知道但丁在普罗维登斯纪念医院。我只知道这些。

我带着腿腿回家，我把它带回家的时候它兴奋不已。狗不会自我省察，也许动物比人聪明。腿腿很高兴，爸妈也是。知道他们从心底爱这只狗时，我感觉很好。不知为什么，这只狗似乎帮助我们成了更美好的一家人。

也许狗也是宇宙的一个秘密。

“但丁进医院了。”我说。

妈妈看向我，爸爸也是。他们都满脸疑惑。

“有人打了他。他受伤住院了。”

“不会吧，”她说，“我们的但丁？”我想知道她为什么会说“我们的但丁”。

“和帮派有关吗？”爸爸低声说。

“没有。”

“事情发生在一条巷子里。”我说。

“就在附近？”

"我猜是的。"

他们等着我告诉他们更多情况，但我不能再说下去了。"我想去看他。"我说。

我不记得自己是怎么离开家的。

也不记得自己是怎么开车去医院的。

等我回过神儿来的时候，我已经站在但丁面前，看着他那张被打肿的脸了。我差点儿认不出他来，甚至无法看清他眼睛的颜色。我记得我握住他的手，轻声叫他的名字。他几乎说不出话来，也看不见东西，眼睛肿得只余一条缝。

"但丁。"

"阿里？"

"我在这儿。"我说。

"阿里？"他低声说。

"我应该在你身边。"我说，"我恨他们。我恨他们。"我真的恨他们。我恨他们打但丁的脸，我恨他们对但丁爸妈所做的事情。我应该在你身边。我应该在你身边。

我感觉到但丁的妈妈把手放在我肩膀上。

我和但丁的爸妈坐在一起，就那么坐着。"他会好起来的，是吗？"

昆塔纳太太点点头。"是的。可是——"她看着我说，"你会永远是他的朋友吗？"

"永远。"

"不论发生什么？"

"不论发生什么。"

“他需要朋友，每个人都需要朋友。”

“我也需要朋友。”我说。我以前从没说过这种话。

我们在医院什么也做不了，只能坐在那儿，看着对方，似乎都没有心情说话。

我要离开的时候，他爸妈和我一起走出去。我们站在医院外面。昆塔纳太太看着我说：“你应该知道出了什么事。”

“您不必再告诉我。”

“我想我还是要告诉你，”她说，“有个老太太看到了发生的一切。她报了警。”我知道她不会哭。“但丁和另一个男孩在巷子里。有几个男孩路过，看见了他们。然后——”她想要微笑，“你已经看到他们对他做了什么了。”

“我恨他们。”我说。

“萨姆说你知道但丁的情况。”

“但丁这种情况算什么，世界上还有很多比这更加糟糕的事情。”

“是的，”她说，“更加糟糕。你介意我说几句吗？”

我朝她笑着耸耸肩。

“我想我知道但丁对你的看法。”

但丁对她的判断没错。她的确知道所有事。“也许吧。”我说，“也许他也是那么看别人的。”

萨姆直视着我说：“也许不是？”他尴尬地笑了笑。“对不起，我不应该这么说。”

“没关系。”我说。

“太难了，”他说，“我——该死，我现在只是有点儿不知所措。”

我朝他笑了笑。“你知道成年人最糟糕的是什么吗？”

“不知道。”

“他们并不总是成年人的样子。但我正好喜欢他们这一点。”

他抱了抱我，然后放我离开。

昆塔纳太太看着我们说：“你知道他是谁吗？”

“谁？”

“另一个男孩？”

“知道。”

“你不介意？”

“我能怎么办？”我听出自己的声音有点儿沙哑，但我忍住没哭，没什么好哭的。“我不知道该怎么办。”我看了看昆塔纳太太，又看了看萨姆。“但丁是我的朋友。”我想告诉他们，我从来没有朋友，从来没有，从来没有一个真正的朋友，直到但丁出现。我想告诉他们，我从来不知道世界上有但丁这样的人存在，他们会仰望星空，知道水的奥秘，知道鸟儿属于天空，不应该在优雅飞行的时候被恶毒又愚蠢的男孩击落。我想告诉他们，他改变了我的生活，我再也不是从前的我，再也不是了。不知为何，我觉得是但丁救了我的命，而不是我救了他的命。我想告诉他们，除了我妈妈，他是第一个让我想谈论那些让我害怕的事情的人。我想告诉他们很多事情，却不知从何说起。于是，我只是愚蠢地重复自己的话：“但丁是我的朋友。”

她看着我，差点儿就要露出微笑。可是她太伤心了，笑不出来。“我和萨姆对你的看法是对的，你是世界上最可爱的男孩。”

“排在但丁后面。”我说。

“排在但丁后面。”她说。

他们陪我走到我的车旁。这时，我脑海里冒出一个疑问：“另一个男孩怎么样了？”

“他跑了。”萨姆说。

“但丁没跑。”

“没跑。”

这时，昆塔纳太太忍不住哭起来。“他为什么不跑？他为什么不跑呢？”

“因为他是但丁。”我说。

第四章

我没料到我会做那些事。我没有什么计划，也没有认真考虑。有时候，你做一些事情并不是因为你考虑过，而是因为你觉得你应该做，因为你的感受太多。当你的感受太多时，就无法控制自己的行为。也许男孩和男人的区别就在于，男孩不能控制偶尔感受到的可怕的冲动，而男人可以。那天下午，我只是个男孩，跟男人相去甚远。

我是个男孩。一个疯狂的男孩。疯狂，很疯狂。

我坐进皮卡，径直开向但丁工作的药店。我回忆了一遍我们之前的对话。我记得那个男孩的名字——丹尼尔。我走进药店，他就在店里。丹尼尔。我看到了他的名牌：丹尼尔·G。但丁说的那个男孩，就站在柜台前。“我是阿里。”我说。

他看着我，脸上浮现出惊恐的表情。

“我是但丁的朋友。”我说。

“我知道。”他说。

“我觉得你应该休息一下。”

“我不——”

我没有等他说出蹩脚的理由。“我出去等你。我会等你五分钟，如果你五分钟之内没出来，我就会回来，在全世界面前把你踢飞。如果你以为我不会这么做，最好看看我的眼睛，好好看看。”

我走出药店。等待。不到五分钟，他就站在了我的面前。

“我们走走。”我说。

“我不能离开太长时间。”他说。

他跟着我。

我们一路向前。

“但丁在医院。”

“哦。”

“哦？

“你没去看他。”他什么也没说。我真想当场揍他一顿。“你没有什么要说的吗，你这个浑蛋？”

“你想让我说什么？”

“你这个浑蛋，你没有任何感觉吗？”

我看得出他在发抖，但我并不关心。“他们是谁？”

“你在说什么？”

“别耍我，浑蛋。”

“你不能告诉任何人。”

我揪住他的衣领，又放开。“但丁现在躺在医院里，你却只担心我会告诉谁。我该告诉谁，浑蛋？快告诉我他们是谁。”

“我不知道。”

“浑蛋。你现在告诉我，我就不会把你一脚踢到南极去。”

“我不认识他们。”

“他们有几个人？”

“四个男孩。”

“我只需要一个名字。只要一个。”

“胡利安，他是其中一个。”

“胡利安·恩里克斯？”

“就是他。”

“还有谁？”

“乔·蒙卡达。”

“还有呢？”

“我不认识另外两个。”

“你就把但丁一个人留在了那儿？”

“他不跑。”

“你也没留下来陪他？”

“没有，我留下来有什么用？”

“所以你一点儿也不担心他？”

“我担心。”

“但你没有回去，不是吗？你没有回去看看他有没有问题，不是吗？”

“没有。”他看上去吓坏了。

我一把将他推到一栋大楼的墙上，转身离开了。

第五章

我知道胡利安·恩里克斯住在哪里，我上小学的时候跟他和他的兄弟们一起打过棒球。我们从来没有真正喜欢过对方，但我们的关系也不像敌人。我开车转了一会儿，才把车停在他家门前。我走过去，敲了敲门。他的妹妹开了门，招呼道："嘿，阿里。"

我朝她笑了笑。她很漂亮。"嘿，露露。"我回应道。我的声音很平静，几乎可以说很友好。"胡利安在哪儿？"

"他在打工。"

"他在哪儿打工？"

"本尼汽修店。"

"他什么时候下班？"我问。

"他一般下午五点后回家。"

"谢谢。"我说。

她笑着对我说："要我告诉他你来过吗？"

"可以。"我说。

本尼汽修店。我爸爸的朋友罗德里格斯先生开的。那四个男孩会一起去上学。我知道他们的学校在哪里。整个下午我都在开车乱转。快到下午五点的时候，我把车停在本尼汽修店附近的转角处。我不想被罗德里格斯先生看到，他会抓住我问一些问题，还会告诉我爸爸。我不想回答任何问题。

我下车穿过马路，走到本尼汽修店对面，确保能在胡利安走出车库的瞬间看到他。我认出他后，向他挥了挥手。

他穿过马路。

“什么事，阿里？”

“没什么，”我指了指我的皮卡，“就开车路过。”

“那是你的皮卡？”

“是的。”

“车轮很漂亮，伙计。”

“想好好看看？”

我们走到车旁，他伸手抚摩铬合金挡泥板。他蹲下来，仔细打量铬轮圈。我开始想象他抬脚猛踹躺在地上的但丁的情形，想象如果我当时在场把他打得屁滚尿流的情形。

“想去兜风吗？”

“现在有点儿事情要办。你可以晚点儿再过来，到时候我们去兜风。”

我掐住他的脖子，把他拽起来。“上车。”我说。

“你他妈的发什么疯，阿里？”

“上车。”我说。我把他扔进车里。

“见鬼。你他妈的有什么毛病，伙计？”

他朝我挥拳。我正需要这个。我也一拳挥过去。他的鼻子流血了。但这并没有让我停下来，没过多久他就倒在地上。我不停地咒骂他。周围的一切都变得模糊起来，我只是不停地揍他。

突然，我耳边传来一个声音，一双手臂把我往后拉。那个声音在冲我大喊大叫，那双手臂很强壮，我再也没法儿挥拳。

我停止了挣扎。

周围的一切都停止不动。

罗德里格斯先生盯着我，大吼道："你他妈的怎么了，阿里？你怎么了？"

我无话可说，低头看向地面。

"出了什么事，阿里？你看着我。"

我没法儿说话。

我看见罗德里格斯先生蹲下来，把胡利安扶起来。他的鼻子还在流血。

"我要杀了你，阿里。"胡利安低声说。

"你有那个胆子吗？"我说。

罗德里格斯先生瞪了我一眼，转头对胡利安说："你还好吗？"

胡利安点点头。

"我们带你去清理一下。"

我没有动。然后，我准备上车。

罗德里格斯先生又瞪了我一眼，说："你该庆幸我没有报警。"

"随便，打给他们哪，我不在乎。但在你给他们打电话之前，最好问问胡利安做过什么。"

我坐进车里，开车离开。

第六章

开车回家的路上我才注意到关节和衬衫上有血迹。

我呆坐在车里。

没有什么计划，就那么坐着。我要永远坐在车里——这就是我的计划。

我不知道我坐了多久。我开始颤抖。我知道我疯了，但我无法对自己解释。也许疯了就是这样。你无法解释，无法对自己解释，也无法对别人解释。发疯最糟糕的地方在于，当你不再疯狂时，你完全不知道该怎么看待自己。

爸爸从家里走出来，站在门廊上，看着我。我不喜欢他脸上的表情。“我要和你谈谈。”他说。他以前从没对我说过这话，从来没有像这样说过。他的声音让我害怕。

我下了车，坐在门廊的台阶上。

爸爸坐在我旁边。“我刚才接到了罗德里格斯先生的电话。”

我什么也没说。

“你怎么了，阿里？”

“我不知道。”我说，“没什么。”

“没什么？”我能听出爸爸声音里的愤怒。

我盯着沾了血的衬衫。“我要去冲个澡。”

爸爸跟我一起进了屋子。“阿里！”

妈妈站在过道上。我无法忍受她看我的眼神。我停下脚步，低头看向地板。我无法停止颤抖，浑身都在颤抖。

我盯着自己的手。没什么能让我停止颤抖。

爸爸抓住我的手臂，力道不重，但也不轻。我的爸爸很强壮。他把我拉到客厅，让我坐在沙发上。妈妈坐在我旁边。他坐在椅子上。我毫无知觉，说不出话来。

“说话。”爸爸说。

“我想伤害他。”我说。

“阿里？”妈妈难以置信地看着我。我讨厌那种难以置信的表情，她为什么就不能相信我会想伤害别人呢？

我也看着她说：“我就是想伤害他。”

“你哥哥曾经伤害过别人。”她低声说。接着她开始抽泣。我无法忍受，变得比以前更讨厌我自己了。我就这么看着她哭，最后我说：“别哭了，妈妈，求你别哭了。”

“为什么，阿里？为什么？”

“你打断了那个男孩的鼻梁，阿里。你没去警局的唯一原因是埃尔菲戈·罗德里格斯是你爸爸的老朋友。我们得付一笔医疗费。你必须付出代价，阿里。”

我什么也没说。我知道他们在想什么。先是你哥哥，现在是你。

“对不起。”我说。这句道歉连我自己听起来都很没说服力。但我的确不是完全感到抱歉，甚至有点儿庆幸自己打断了胡利安的鼻梁。我只是为伤害了妈妈感到抱歉。

“对不起，阿里？”爸爸不满地看着我，脸色铁青。

我也会摆臭脸。“我不是哥哥，”我说，“我讨厌你们那么想。我讨厌我活在他妈——”我控制住自己不在妈妈面前使用这个词。“我讨厌活在他的阴影里。我讨厌这样。我讨厌为了取悦你们而不得不做个好孩子。”

他们俩都没有开口说话。

“我不知道我有什么可道歉的。”我说。

爸爸瞪着我：“我要卖掉你的皮卡。”

我点点头：“很好，卖掉吧。”

妈妈停止哭泣。她脸上露出奇怪的表情，不温柔，也不强硬，就是很奇怪。“阿里，我要你告诉我原因。”

我吸了一口气。“好吧，”我说，“你们会听吗？”

“我们为什么不会听？”爸爸的语气很坚定。

我看向爸爸。

接着又看向妈妈。

然后我低头看向地板。“他们伤害了但丁。”我低声说，“你们根本不知道他现在什么模样。你们应该看看他的脸。他们弄裂了他的好几根肋骨，就让他那样躺在一条巷子里，把他当成一堆垃圾，什么东西都不是。就算他死了，他们也不会在乎。”我开始哭泣。“你们想让我说话吗？我会说的。你们想让我告诉你们原因吗？我会告诉你们的。”

我不知道为什么，但我一直在哭泣。然后我突然停下来，我知道我真的很生气，比任何时候都生气。“他们有四个人。和但丁在一起的另一个男孩跑了，但丁没有跑。因为但丁就是这样的人，他不会逃跑。”

我看向爸爸。

他没有说一句话。

妈妈靠得更近了一些，不停地用手梳理我的头发。

“我觉得很惭愧。”我低声说，“我想报复他们。”

“阿里？”爸爸轻声说，“阿里，阿里，阿里。你在用最糟糕的方式反击。”

“我不知道该怎么反击，爸爸。”

“你应该找人帮忙。”他说。

“我也不知道该找谁帮忙。”

第七章

我冲完澡出来时，爸爸已经走了。

妈妈在厨房里喝酒。那个写着哥哥名字的马尼拉纸信封静静地躺在桌上。

我在她对面坐下。“我有时候会喝啤酒。”我说。

她点了点头。

“我不是什么天使，妈妈。我也不是什么圣人。我只是阿里。我只是那个会搞砸一切的阿里。”

“别这么说。”

“我说的是事实。”

“不，不是。”她说话时很用力，声音激动而坚定。“你根本没有搞砸什么。你很可爱，很善良，很正直。”说完，她喝了一口酒。

“我伤害了胡利安。”我说。

“那样做的确不太明智。”

“也不是很友好。”

她差点儿笑出声来。“不，一点儿都不友好。”她用手抚摩那个信封。“对不起，”她拆开信封，拿出一张照片，“这是你。你和贝尔纳多。”她把照片递给我。照片中的我还很小，哥哥把我抱在怀里。他正在笑。他很英俊，面露微笑，而我正开怀大笑。

“你很爱他。”她说，“对不起。阿里，就像我说过的，我们做的事不一定都正确，你知道吗？我们说的话也不一定都正确。有时候，光是看到某些东西似乎就伤透了心。所以，你就不去看，就对它视而不见。但它不会消失，阿里。”说着她把信封递给我。“都在里面。”她没有哭。“他杀了人，阿里。他用他的拳头杀了人。”她好像在笑，但这是我见过的最悲伤的笑容。“我以前从没说过这些。”她低声说。

“现在还很伤心吗？”

“非常伤心，阿里。尽管已经过了这么多年。”

“会一直伤心吗？”

“一直。”

“你怎么受得了？”

“我不知道。我们都得忍受一些事情，阿里。我们所有人。你爸爸必须忍受战争以及战争带来的影响。你必须忍受痛苦的成长过程，才能成为一个男人。这对你来说很痛苦，不是吗，阿里？”

“是的。”我说。

“我必须忍受你哥哥所作所为的后果，忍受他带来的耻辱，以及他的缺席。”

“这不是你的错，妈妈。”

“我不知道。我想妈妈们总是会责怪自己，爸爸们也是如此。”

“妈妈。”

我想伸手摸摸她，但我没有。我只是看着她，试着露出笑容。“我不知道我会这么爱你。”

她的笑容不再悲伤。

“我的宝贝，我要告诉你一个秘密。是你帮我分担了一切，是你帮我分担了所有痛苦。只有你，阿里。”

“别这么说，妈妈。我只会让你失望。”

“不，亲爱的。你永远不会让我失望。”

“我今天做的事，伤了你的心。”

“没有，”她说，“我能理解。”

但她说这话的方式，就好像她了解了一些她以前从未完全了解过的我的情况。我总觉得她看着我的时候，仿佛是在寻找我，想要找出我是谁。但似乎就在她看到我的那一刻，她了解了我。这让我很困惑。

“理解什么，妈妈？”

她把那个信封推向我。“你不打算看看吗？”

我点了点头。“是的，不是现在。”

“你害怕？”

“没有。是的，我不知道。”我的手指抚过哥哥的名字。我和妈妈就这么静静地坐着，仿佛坐了很长时间。

她喝了口酒，我看着哥哥的照片。

哥哥婴儿时期的照片，哥哥被爸爸抱在怀里的照片，哥哥和姐姐们的照片。

哥哥坐在门前的台阶上。

哥哥小时候穿着制服向爸爸敬礼。

我的哥哥，我的哥哥。

妈妈看着我。真的，我从来没有像现在这样爱她。

第八章

“爸爸去哪儿了？”

“他去找萨姆了。”

“为什么？”

“他只是想跟他聊聊。”

“聊什么？”

“聊聊发生了的事。你知道的，你爸爸和萨姆是朋友。”

“有意思。”我说，“爸爸老了。”

她笑着说：“那又怎么样？”

“是呀，那又怎么样。”

第九章

“我可以把这张插进相框，放在我的房间里吗？”我说的是哥哥向爸爸敬礼的那张照片。

“可以，”她说，“我喜欢这张。”

“他哭了吗？爸爸去越南的时候？”

“哭了几天。他特别伤心。”

“你害怕爸爸回不来了吗？”

“我没想过。我不让自己去想这些，”她笑道，“这一招我很拿手。”

“我也是，”我说，“一直以来我都以为这遗传自爸爸。”

我俩大笑起来。“我们能把那张照片放在客厅里吗？你介意吗，阿里？”

那一天，哥哥又回到了家里。我的哥哥以一种奇怪又难以解释的方式回家了。

回答我迫切提问的并不是妈妈，而是我的爸爸。妈妈有时会旁听我和爸爸谈论贝尔纳多，但她不会说一个字。

我爱她的沉默。

也许，我只是理解这种沉默。

我也爱我的爸爸，他总是小心谨慎地说话。我逐渐了解到爸爸是个小心谨慎的人。小心待人、谨慎说话是罕见而美好的品格。

第十章

我每天都去探望但丁。他已经住院十四天了。他们要确保他安然无恙，因为他之前有脑震荡。

他的肋骨也受了伤。

医生说裂开的肋骨需要一段时间才能愈合，但幸好它们没有断掉，否则情况会更糟糕。其他的淤伤会自行愈合，至少表面的那些会好起来。

他不能游泳了，事实上他几乎什么都不能做了。他可以躺着。正好但丁喜欢躺着，这算是件好事。

他和以前不一样了。他更忧伤了。

出院回家的那天他哭了。我抱住他。我以为他永远也无法停止哭泣了。

我知道他有什么地方永远不一样了。

他们毁坏的不仅是他的肋骨。

第十一章

“你没事吧，阿里？”昆塔纳太太像我妈妈一样打量着我。在但丁家的餐桌旁，我和他爸妈面对面坐着。但丁在睡觉。肋骨疼的时候，他有时会吃点儿药，那些药会让他昏昏欲睡。

“嗯，我没事。”

“你确定？”

“您觉得我需要心理医生？”

“去看心理医生并没什么错，阿里。”

“您说话的样子就像心理医生。”我说。

昆塔纳太太摇了摇头。“在你和我儿子玩到一起之前，你可不像现在这样自以为是。”

我大笑。“我很好，”我说，“我为什么会不好？”

昆塔纳太太和昆塔纳先生对视一眼。

“是爸妈之间的事吗？”

“什么？”

“爸妈们喜欢以那种眼神对视。”

萨姆笑起来：“嗯，我想是吧。”

我知道爸爸和他聊过了。他知道我做过什么，他俩都知道。

“你认识那些男孩，是吗，阿里？”昆塔纳太太恢复了严肃的表情。我并不在意。

“我认识其中两个。”

“另外两个呢？”

我觉得我应该开个玩笑。“我打赌我能让他俩开口。”

昆塔纳太太大笑起来。我十分惊讶。

“阿里，”她说，“你真是个疯小子。”

“嗯，我想是吧。”

“这是忠诚问题。”她说。

“嗯，我想是吧。”

“可是，阿里，你可能会给自己惹来大麻烦。”

“这么做不对，我知道不对。可我还是这么做了，没法儿解释为什么。警察不会拿那些男孩怎么样，对吗？”

“也许不会。”

“是呀，”我说，“说得好像警察真的有在调查这个案子一样。”

“我不关心那些男孩怎么样，阿里，”萨姆直视着我的眼睛说道，“我关心的是但丁和你。”

“我很好。”我说。

“你确定？”

“我确定。”

“你不会再去找其他几个男孩的麻烦了吧？”

“我有过这个想法。”

昆塔纳太太这次没有笑。

“我发誓我不会去找他们。”

“你比他们好。”她说。

我很想相信她。

“不过，我不会赔胡利安治疗鼻子的费用。”

“你跟你爸爸说了吗？”

“还没有。但是，我要告诉他，如果那些浑——”我住了口，没把那个词说完。我换了个别的词。“如果那些家伙不用付但丁的住院费，那么我也不用付胡利安的治疗费。如果爸爸想把皮卡收走，我也无所谓。”

昆塔纳太太有点儿幸灾乐祸地笑起来，她通常不会这么笑。“别忘了告诉我你爸爸说了什么。”

“还有一件事，如果胡利安想报警就尽管去报。”我也露出幸灾乐祸的笑容。“你觉得他会报警吗？”

“你可真是个小机灵鬼，我说得对吗，阿里？”我喜欢此刻萨姆脸上的表情。

“我了解那个世界的生存之道。”

第十二章

爸爸没有因为我没付胡利安的治疗费而跟我吵架。他看着我说：“我猜你决定私了。”说完他只是若有所思地不停点头。“萨姆找那个老太太聊过。她已经认不出那些男孩了，永远也认不出了。”

胡利安的爸爸来找我爸爸聊了聊，离开时看起来不太高兴。

爸爸没有收走我的皮卡。

第十三章

我和但丁似乎无话可说。

我从他爸爸那儿借了几本诗集读给他听。有时候，他会说："再读一遍。"我就照做。我不知道在暑假的最后几天里，我们之间出了什么问题。在某些方面，我从未感觉与他更亲密。在另一些方面，我从未感觉离他更遥远。

我们俩都没有继续打工。不知道为什么，我觉得在发生了那件事之后，一切都显得毫无意义。

有一天，我开了个烂玩笑。"为什么暑假总是以我们俩中的一个被狠虐一顿而告终？"

我们俩都没有笑。

我不带腿腿去看他，因为它喜欢跳到他身上，可能会弄伤他。但丁想念它，但他知道我不带它去是对的。

一天早上，我去但丁家给他看我哥哥的所有照片。我把我从剪报上和与爸爸的对话中了解到的情况全告诉了他。

"你想听听整件事的经过吗？"我问。

"说说吧。"他说。

我们都厌倦了诗歌，再也受不了彼此之间不说话。

"好吧。我哥哥当时十五岁。他很生气。据我对他的了解，他总是很生气。我的姐姐们特别说明了这一点。我猜他很凶，我也不知道，他可能天生易怒。一天晚上，他在市中心的大街上闲逛，想要惹点儿事。我爸爸是这么说的，他说：‘贝尔纳多总是想惹事。’我哥哥找了个女人。”

“他哪儿来的钱？”

“我不知道。这算什么问题？”

“你十五岁的时候有钱找女人吗？”

“我十五岁的时候？说得好像是很久之前的事一样。见鬼，我的钱还不够买块糖吃。”

“明白我的意思了吧。”

我看着他说：“能让我说完吗？”

“对不起。”

“结果那个女人是个男的。”

“什么？”

“他有异装症。”

“哇。”

“嗯。我哥哥勃然大怒。”

“怎么个怒法？”

“他失手打死了那个男的。”

但丁不知道该说些什么。“天哪。”他说。

“嗯。天哪。”

过了很长一段时间我们才重新开口。

终于，我看着但丁说：“你知道异装症是什么吗？”

“嗯，我当然知道。”

“你当然知道。”

“你不知道异装症是什么？”

“我怎么会知道？”

“你真单纯，阿里，你知道吗？”

“我没那么单纯。”我说。

“故事的后续更悲惨。”我说。

“还能更悲惨？”

“他还杀了别人。”

但丁什么也没说，他在等我说完。“他当时被关进了青少年拘留所。我猜有一天，他又伸出了拳头。我妈妈说得对，曾经发生的事不会因为我们想让它们消失就消失。”

“对不起，阿里。”

“我们无能为力，不是吗？但这是好事，但丁。我的意思是虽然这对我哥哥来说不是好事，我也不知道这对他来说是不是好事，但好在事情都清楚了，都公开了。”我看着但丁说，“也许有一天我会了解他。也许有一天。”

他看着我说：“你看起来快哭了。”

“我没有，我只是太伤心了，但丁。我觉得我很像他，你知道吗？”

“为什么？因为你打断了胡利安·恩里克斯的鼻梁？”

“你知道？”

“是的。”

“你为什么没有告诉我你知道？”

“你为什么没有告诉我，阿里？”

“我觉得这不是什么光彩的事，但丁。”

“你为什么这么做？”

“我不知道。他伤害了你，我想报复他。我在脑海里做了一道愚蠢的计算题。”我看着他说，“你的黑眼睛差点儿瞎了。”

“差点儿。”他说。

“你的肋骨呢？”

“好多了。有时晚上很难入睡，我得吃止疼药。我讨厌那些药。”

“你会变成糟糕的瘾君子。”

“也许不会。”

“也许你妈妈应该为她正在写的书采访你。”

“她已经折磨过我了。”

“她怎么发现的？”

“我一直跟你说，她就像上帝，知道所有事。”

我想忍住笑，但没忍住。但丁也大笑起来，但他一笑裂开的肋骨就会疼。

“你不像他。”他说，“你一点儿也不像你哥哥。”

“我不知道，但丁。有时候我觉得我永远也不会理解我自己。我不像你，你完全清楚自己是谁。”

“我并非一直如此。”他说，“我能问你一个问题吗？”

“当然。”

“你介意我和丹尼尔的事吗？”

“我觉得丹尼尔就是一坨狗屎。”

“他不是。他很好，长得很帅。”

“他长得很帅？太肤浅了吧？他就是一坨狗屎，但丁。他就那样把你扔在那儿。”

“你听起来比我还介意。”

“你应该介意。”

“你不会那么做，对吗？”

“不会。”

“我很高兴你打断了胡利安的鼻梁。”

我们俩大笑起来。

“丹尼尔不在乎你。”

“他被吓坏了。”

“那又怎么样？我们都被吓坏了。”

“你没有，阿里。你不怕任何事。”

“不是这样的，我不会让他们那样对你。”

“也许你只是喜欢打架，阿里。”

“也许吧。”

但丁看着我，就那么看着我。

“你在盯着我看。”我说。

“我能告诉你一个秘密吗，阿里？”

“我能说不吗？”

“你不喜欢知道我的秘密？”

“你的秘密有时候会吓到我。”

但丁大笑：“那天，我脑海里想的是你。”

我耸了耸肩：“你得换个新脑子，但丁。”

他看起来有点儿伤心：“嗯，我猜是的。”

第十四章

我醒得很早，太阳还没有升起。八月的第二周。夏天即将结束。至少夏天的一部分时间不用上学。

高中的最后一年，生活继续。也许这就是人生，高中生活只是人生这部小说的序言。每个人都要在你的人生小说中写上一笔，等你毕业了，就得自己书写自己的人生。毕业的时候，你要收集老师的笔和爸妈的笔，还会得到属于你自己的笔。你可以随心所欲地书写自己的人生。没错，这难道不美好吗？

我坐在床上，手指抚过腿上的伤疤。伤疤代表你曾经受过伤，也代表你已经痊愈。

我受过伤吗？

我痊愈了吗？

也许我们只是在伤痛和痊愈之间徘徊，就像我爸爸那样。我想他就是在那片中间地带徘徊生活着，在那片群落交错区。妈妈或许也是这样，她一直把哥哥锁在内心深处的某个地方。现在，她想把他放出来。

我用手指抚摩着伤疤。

腿腿躺在我身旁，看着我。你看到了什么，腿腿？你看到了什么？你在跟着我之前住在哪里？有人伤害过你吗？

又一个暑假即将结束。

我毕业后会怎么样？上大学？我会学习更多。也许我会搬去另一个城市，另一个地方。也许另一个地方的夏天会不一样。

第十五章

“你喜欢什么，阿里？你真正喜欢的是什么？”

“我喜欢沙漠。天哪，我爱沙漠。”

“它太孤独了。”

“是吗？”

但丁不理解。我是不可知的。

第十六章

我决定去游泳。泳池一开门我就去了，这样我就可以在其他人挤进来之前安静地游几圈。救生员也在，正跟几个女孩聊天儿。我没理睬他们，他们也没理睬我。

我不停地游哇游，直到腿和肺都承受不了。然后，我休息片刻，又继续游哇游。我能感觉到水流从皮肤上划过。我想起遇见但丁的那一天。“你想让我教你游泳吗？”我想起他那尖细的声音，他已经长大，不再过敏，他的声音也变得更低沉。我也是。我想起妈妈说过的话：“你说话时像个男人。”像男人一样说话比做个男人容易。

我离开泳池时，发现一个女孩正在盯着我。她面带微笑。

我也朝她微笑。“你好。”我朝她挥挥手。

“你好。”她也挥挥手，“你是在奥斯汀高中上学吗？”

“是的。”

我觉得她想继续聊下去，但我不知道接下来该说些什么。

“几年级？”

“高四[1]。”

“我读高二。”

[1] 美国高中是四年制。

“你看起来年纪更大。”我说。

她笑道：“我长得成熟。”

“我不成熟。”我说。这句话逗得她大笑起来。“拜拜。”我说。

“拜拜。”她说。

成熟。男人。这些词究竟代表什么意思？

我走到但丁家，敲了敲门。萨姆开了门。

“您好。”我说。

萨姆看起来轻松又愉快。“你好，阿里。腿腿呢？”

“在家。”我拉了拉搭在肩上的湿毛巾，“我去游泳了。”

“但丁会忌妒的。”

“他怎么样？”

“很好，越来越好。你有一阵没来了，我们都很想你。”他把我领进家。“他在自己的房间里。”说完他迟疑了一下，“有人在陪着他。”

“哦，”我说，“我可以回家。”

“别担心，上去吧。”

“我不想打扰他。”

“别说傻话。”

“我可以回家，没关系，我只是刚游完泳——”

“是丹尼尔。”他说。

“丹尼尔？”

我想他注意到了我脸上的表情。“你不是很喜欢他，是吗？”

“他把但丁扔在那儿。”我说。

“不要对别人那么苛刻，阿里。”

这下我真的生气了。“告诉但丁我来过了。”我说。

第十七章

“我爸说你生气了？”

“我没有生气。”我家的门大敞着，腿腿正冲一只路过的狗狂吠。“等一下。”我说，“腿腿！别叫了。”

我把电话拿进厨房，在餐桌旁坐下。“好了，”我说，“听着，我没生气。”

“我觉得我爸能看出来。”

“好吧，”我说，“这又有什么关系？”

“你看，你在生气。”

“我只是没心情见你的朋友丹尼尔。”

“他对你做过什么？”

“什么都没有，我只是不喜欢那家伙。”

“我们大家为什么不能做朋友？”

“那个浑蛋把你扔在那儿等死，但丁。”

“我们聊过这件事，没关系了。”

“那好吧，很好。”

“你在发疯。”

“但丁，你有时候真是满嘴胡话，你知道吗？”

“听着，”他说，“我们今晚要去参加派对，我希望你能一起去。”

“再说吧。”我挂断了电话。

我走到地下室，练了几个小时的举重，不停地举起、放下，直到全身酸疼。

疼痛没那么糟糕。

我冲了个澡，在床上躺下，一动不动地躺着。我一定是睡着了。我醒来时，腿腿的头正靠在我的肚子上。我不停地抚摩它。房间里传来妈妈的声音：“你饿不饿？”

“不饿。”我说，“我不太饿。”

“你确定？”

“是的，现在几点？”

“六点半。”

“哦，我想我只是有点儿累。”

她笑着说：“也许是因为锻炼？”

“我猜是的。”

“出什么事了吗？”

“没有。”

“你确定？”

“我只是累了。”

“你举重举得有点儿狠，你觉得呢？”

“没有。”

“你生气的时候就会举重。”

“这是你的又一个理论吗，妈妈？”

“这不仅是一个理论，阿里。”

第十八章

“但丁来过电话。”

我什么都没说。

“你要给他回电话吗？”

“当然。”

“之前四五天，你一直在家里闷闷不乐。闷闷不乐，然后举重。”

闷闷不乐。我想起吉娜对我的评价：“忧郁男孩。”

“我没有闷闷不乐，也没有一直举重。我在看书，在想贝尔纳多。”

“真的？”

“嗯。”

“你在想什么？”

“我想给他写信。”

“他退回了所有我写给他的信。”

“真的？他也许不会退回我的信。”

“也许不会。”她说，“你可以试一试。为什么不呢？”

“你不再写信了？”

“是的，我不写了，阿里。我太伤心了。”

“说得没错。”我说。

“别太失望，阿里，好吗？别期望太高。你爸爸去看过他一次。”

“情况怎么样？”

“你哥哥拒绝见他。”

“他恨你和爸爸吗？”

“不，我不这么认为。我认为他在生自己的气，他感到羞愧。”

“他应该学会放下。”不知为什么我一拳砸在墙上。

妈妈盯着我。

“对不起，”我说，“我不知道为什么要这么做。”

“阿里？”

“什么？”

她露出欲言又止的表情，既严肃又关切。她没有生气，也没有做出扮演母亲时的那种严厉表情。“你怎么了，阿里？”

“你说这话让我感觉你又有什么关于我的新理论了。”

“我也想有。”她说。但她的声音十分悦耳、亲切和美好。她从餐桌旁站起来，给自己倒了杯葡萄酒。她拿出两瓶啤酒，把其中一瓶放到我面前，另一瓶放到桌子中央。“你爸爸在看书，我去找他。”

“怎么了，妈妈？”

“家庭会议。”

“家庭会议？这是什么东西？”

“新东西，”她说，“从现在开始，我们要开很多家庭会议。”

“你吓到我了，妈妈。”

“很好。”她走出厨房。我盯着面前的啤酒，伸手碰了碰冰冷的酒瓶。我不知道该喝了它还是该盯着它看。也许这是个诱饵。爸妈一起走进厨房，在我对面坐下来。爸爸开了他的啤酒，又帮忙开了我的，才缓缓拿起他的那瓶喝了一口。

“你们串通起来整我吗？”

“放松。”爸爸说，他又喝了口啤酒。妈妈也喝了口葡萄酒。“你难道不想跟你爸妈一起喝杯酒？”

“不太想，”我说，“这违反了规矩。”

“这是新规矩。”妈妈说。

“和爸妈一起喝酒不会要了你的命，你以前又不是没喝过。这有什么大不了的？”

“这真的太奇怪了。”我喝了口啤酒，“现在开心了？”

爸爸脸上的表情非常严肃。“我告诉过你我在越南时的那些事吗？”

“嗯，”我说，“我正在想你跟我说的那些战争故事。”

爸爸伸出手，握住我的一只手。“我活该像现在这样。”他一直捏紧我的手。然后，他放开了手。

“我们当时在北方。岘港的北部。”

“岘港就是你当时所在的地方？”

“那是我的另一个家。”说着他勉强朝我挤出一个笑，“那时，我们在执行侦察任务。那几天很平静。当时是雨季。天哪，我恨那些没完没了的雨。我们正好走在车队的前面。那片区域已经被清理干净了，我们去那里是为了确认海岸也被清理干净了。突然，一切都乱套了。子弹横飞，手榴弹乱炸。我们遭到了伏击。我们不是第一次遇到伏击，但那次不同。

“四面八方都有人在开枪，最好的办法就是撤退。贝克特叫了直升机来救我们。这时我发现了一个男孩，他真是个好小伙。天哪，他那么年轻，才十九岁。天哪，他还是个孩子。”爸爸说到这里摇了摇头。“他叫路易。来自拉斐特的法国人后裔。”这时，有泪水顺着爸爸的脸颊流下来，他喝了口啤酒。“我们不应该丢下任何一个人。这是规矩。你不能丢下一个人不管，也不能丢下一个人等死。”我能看到妈妈脸上的表情，她在强忍着泪水。“我记得我跑向直升机，路易就在我后面，周围子弹满天飞。我以为我死定了。突然，路易倒了下去。他呼喊着我的名字。我想跑回去。具体情况我记不清了，但我记得最后是贝克特把我拉上了直升机，我甚至不知道自己中弹了。我们把路易扔在了那里。我们抛弃了他。”我看着爸爸抱头痛哭。一个男人痛哭的声音有点儿像受伤的动物发出的悲鸣。我的心碎了。一直以来，我都希望爸爸能告诉我一些关于战争的事情，可是现在我无法直视他那刻骨铭心的痛苦。过了那么多年，他还是那么痛苦，我无法想象这种痛苦是如何在他内心深处蛰伏、生长的。

“我不知道我是否相信这场战争，阿里。我想我并不相信。我想过很多，但我还是报名参了军。我不知道我对这个国家有着怎样的感情。我只知道我唯一拥有的是那些并肩作战的人。他们就是我的祖国，阿里。他们才是。路易、贝克特、加西亚、阿尔和吉奥——他们就是我的祖国。我并不为我在那场战争中所做的一切感到骄傲。我并非一直是个好士兵。我并不总是个好人。战争影响了我们，影响了我，以及所有人。那些被我们扔下的人，他们就是出现在我梦里的人。”

我们三个各自喝了一口酒，沉默了很长时间。

“我有时候会听见他的声音，”爸爸继续说，“路易。我听见他在叫我的名字，但我没有跑回去。”

“你可能也会被杀掉。”我低声说。

“也许吧。可是我没有尽到自己的职责。”

“爸爸，别这样。请——”我感觉到妈妈的手越过桌子，开始梳理我的头发，并给我擦眼泪。“你不必说这些，爸爸。你不必说。”

“也许我应该说出来。也许是时候结束那些噩梦了。”说完他靠在妈妈身上，“你不觉得是时候了吗，利利？”

妈妈没有说一个字。

爸爸朝我笑了笑。“几分钟前，你妈妈走进客厅，从我手里抽走我正在看的书，用那种独裁者式的声音对我说：‘跟他谈谈。跟他谈谈，海梅。’”

妈妈轻笑起来。

“阿里，是时候停止逃避了。”

我看着爸爸问道：“逃避什么？”

“你不知道？”

“什么？”

“如果你继续逃避，可能会因此丧命。”

“什么，爸爸？”

“你和但丁。”

“我和但丁？”我看向妈妈，又看向爸爸。

"但丁如何看你，"他说，"显而易见。他没有欺骗自己。"

"我无法控制他的感受，爸爸。"

"是的。是的，你不能。"

"而且，爸爸，我觉得他已经不那么想了。"

爸爸点了点头："阿里，真正的问题是你如何看但丁，这才是你的问题。"

我没有说话，目光在爸妈脸上逡巡。

我不知道该说什么。"我不确定，我是说，我认为事实不是这样的。我是说，我不这么认为。我是说——"

"阿里，我知道我看到了什么。你救了他的命。你为什么要这么做？你为什么想都没想就在一瞬间冲到马路中间，把但丁从开过来的车前推走？你以为这是本能反应？我觉得这是因为你无法忍受失去他。你无法忍受。你扪心自问，为什么要冒着生命危险去救他？"

"因为他是我的朋友。"我一直低头看着桌子。

"我认为你只是不愿意承认。"

"爸爸？爸爸，不。不。我不能。你为什么要说这些？"

"因为我无法眼睁睁看着你忍受内心孤独的折磨。因为我爱你，阿里。"爸妈看着我哭泣。我想我可能会哭个不停。但是我没有。我停下来的时候，喝了一大口啤酒。"爸爸，我想我更喜欢你不说话的样子。"

妈妈大笑起来，我喜欢看她笑。接着爸爸也大笑起来。然后，我也大笑起来。

"我该怎么办？"

妈妈说：“你不能再逃避了，尤其不能逃避但丁。”

“我讨厌我自己。”

“别这样，亲爱的。我爱你。我已经失去了一个儿子，不想再失去另一个。你不是独自一人，阿里。我知道会有这样的感觉，但你不是独自一人。”

“你怎么能这么爱我？”

“我怎么能不爱你？你是这个世界上最漂亮的男孩。”

“我不是。”

“你是。你是。”

“我该怎么办？”

爸爸轻声说：“但丁没有逃避。我脑海里一直出现他挨揍的画面，他当时没有逃避。”

“好吧。”我说。我人生中第一次完全理解爸爸的意思。

他是理解我的。

第十九章

“但丁？”

“之前五天我每天都给你打电话。”

“我得了流感。”

“烂玩笑。去你的，阿里。”

“你为什么那么生气？”

“你为什么那么生气？”

“我不生气了。”

“所以，也许该轮到我生气了。”

“好吧，这很公平。丹尼尔怎么样？”

“你就是一坨狗屎，阿里。”

“不，丹尼尔才是狗屎。”

“他不喜欢你。”

“我也不喜欢他。他是你新交的最好的朋友吗？”

“差得远呢。”

“发生了什么事？”

“他是个自私又自以为是的浑蛋，而且不聪明。我妈妈不喜欢他。”

“萨姆觉得他怎么样？”

“爸爸说的不算，他喜欢所有人。”

我不由得哈哈大笑。

“别笑。你为什么生气？”

“我们可以聊聊这个。”我说。

“嗯，说得好像你很擅长这个话题一样。”

“饶了我吧，但丁。”

“好的。”

“好的。你今晚做什么？”

“我们的爸妈要一起去打保龄球。”

“真的？”

“他们经常聊天儿。”

“真的？”

“你什么都不知道？”

“我想我有时候有点儿冷漠吧。”

“有点儿？”

“我在努力改进，但丁。”

“说对不起。我不喜欢不知道怎么说对不起的人。”

“好吧，对不起。”

“好的。”我能猜到他在笑。“他们希望我们俩也一起去。”

“打保龄球？”

第二十章

但丁坐在门廊上等待。他跳下台阶，跳上皮卡。“打保龄球听起来有点儿无聊。”

“你去打过吗？”

“当然去过。我不太会打。”

“你是不是什么都要擅长？”

“是的。”

“别想这些，也许我们会玩得很开心。”

“你什么时候愿意和你爸妈出去玩的？”

“他们挺好的，”我说，“他们很好，你说的。”

“什么？”

“你说过你永远不会离家出走，因为你很爱你的爸爸妈妈。我觉得这么说很奇怪，我是说，不太正常，我认为爸妈都是外星人。”

“他们不是。他们就是普通人。”

“嗯。我觉得我已经改变了对我爸妈的看法。”

“你是说你爱他们。”

“是的，我想是吧。”说完我发动了车，“我保龄球也打得很烂，我只想让你知道这个。”

“我打赌，我们打得比我们爸妈强。”

“我们最好是这样。”

我俩大笑起来，不停地笑，不停地笑。

到达保龄球馆后，但丁看着我说道：“我跟我爸妈说，在我的余生中，再也不会做和这次一样的事情。”

“你跟他们说了这个？”

“嗯。”

“他们说什么？”

“我爸爸翻了个白眼。”

“你妈妈说什么？”

“没说什么。她说她认识一个很好的心理医生。她说：‘他会帮你达成心愿。’她还说：‘除非你想跟我聊聊。’”他看着我，我们哈哈大笑起来。

“你妈妈，”我说，“我喜欢她。”

“她很坚强，”他说，“但也很温柔。”

“是的，”我说，“我发现了。”

“我们的爸妈真的很奇怪。”他说。

“因为他们爱我们？这没什么奇怪的。”

“他们爱我们的方式很奇怪。”

“很美好。”我说。

但丁看着我说：“你不一样了。”

“怎么不一样了？”

“我不知道，你变得不一样了。”

“很怪异？”

“嗯，怪异。不过是一种好的怪异。”

“很好，”我说，“我一直想以一种好的方式变得怪异。”

我想我们的爸妈看到我们真的来了一定很惊讶。我们的爸爸在喝啤酒。我们的妈妈在喝七喜。他们的分数很差。萨姆朝我们微笑。“我没想到你们真的会来。”

“我们闲得无聊。”我说。

“你不那么自作聪明的时候，我更喜欢你。”

“对不起。”我说。

打保龄球很有趣，我们玩得很开心。事实证明我是最棒的保龄球手，我打了一百二十多分，第三局打出了一百三十五分。仔细想想，这真是个可怕的分数。不过，其他球手都很糟糕，尤其是我妈妈和昆塔纳太太，她们俩一直说说笑笑。我和但丁一直看着对方大笑。

第二十一章

和但丁离开保龄球馆后，我把车开向沙漠。

“我们要去哪儿？”

“我最喜欢的地方。”

但丁很安静。“太晚了。”

“你累了？”

“有点儿。”

“才晚上十点。你今天起得很早？”

“自作聪明。”

“除非你想回家。”

“没有。”

“那好。”

但丁没有放音乐。他翻遍了我装满磁带的盒子，也没有选出一盘来播放。我不介意这种安静。

我们一直开到沙漠里。我和但丁一路无言。

我把车停在老地方。

“我喜欢这里。”我说。我能听到自己的心跳声。

但丁什么也没说。

我摸了摸他寄给我的网球鞋，我把它们挂在了后视镜上。“我喜欢这双鞋。”我说。

“你喜欢很多东西，不是吗？”

“你听起来有点儿生气，我以为你已经消气了。”

“我想，我还在生气。”

“对不起。我说过对不起。”

“我做不到，阿里。”他说。

“做不到什么？”

“假装朋友这一套，我做不到。”

“为什么做不到？”

“需要我向你解释吗？”

我什么也没说。

他跳下车，砰的一声关上车门。我跟着他下了车。“嘿。”我试图去搭他的肩膀。

他推开我。“我不喜欢你碰我。”

我们站了很长时间，都没有说话。我觉得自己很渺小，微不足道，不够好。我讨厌这种感觉。我要停止这么想。我要停止。“但丁？”

“什么？”我能听出他语气里的怒意。

“别生气。”

“我不知道该怎么办，阿里。”

“我撒谎了。”

我看着他。他看着我。“你说过我什么都不怕。这不是真的。你。我怕你。我怕你，但丁。”我深吸一口气。

我们一起大笑，一起聊天儿，一起仰望星空。

“我希望现在下雨。”他说。

“我不需要雨，”我说，“我需要你。”

一直以来。

这就是我的问题所在。一直以来我试图发现宇宙的秘密，自己身体的秘密，内心的秘密。所有答案都很接近，而我却总是在不知不觉中与它们抗争。从我见到但丁的那一刻起，他就是特殊的。我只是不让自己知道，不让自己去想，去感受。爸爸是对的，妈妈说得也没错。我们都有属于自己的私人战争。

当我和但丁躺在皮卡后面，凝视着夏夜的星空时，我感觉自己很自由。想象一下，亚里士多德·门多萨，一个自由的人。我不再害怕。

我们将一起面对。

致谢

动笔创作这本书之前，我其实考虑再三。事实上，完成第一章之后，我几乎就要放弃这次创作。但幸运的是，我身边有一群坚定、勇敢、才华横溢的聪明人，他们激励我完成了这次创作。没有他们，就没有这本书。我想对以下这些人表示感谢，当然，这份致谢名单并不完整：帕蒂·穆斯布鲁格，她既是优秀的经纪人，也是良师益友。感谢丹尼尔和萨沙·查康对我的深情厚谊，以及对我创作这本书所给予的鼓励。我还要感谢赫克托、安妮、金尼和芭芭拉，他们一直默默地支持我。我的编辑戴维·盖尔，他对这本书充满信心。我还想感谢西蒙与舒斯特出版公司的整个团队，特别是纳瓦·沃尔夫。我还要对创意写作系的同事表示感谢，在他们持续不断的慷慨帮助下，我得以成为一个更优秀的作家和更优秀的人。最后，我想感谢我过去和现在的学生们，他们提醒了我语言和写作的重要性。我要对你们所有人表示感谢。

图书在版编目（CIP）数据

宇宙，星空和你 /（美）本杰明·阿莱尔·萨恩斯著；尹楠译 . -- 呼伦贝尔：内蒙古文化出版社，2023.9
ISBN 978-7-5521-2350-0

Ⅰ. ①宇… Ⅱ. ①本… ②尹… Ⅲ. ①长篇小说—美国—现代 Ⅳ. ① I712.45

中国国家版本馆 CIP 数据核字（2023）第 139937 号

宇宙，星空和你
YUZHOU, XINGKONG HE NI

[美]本杰明·阿莱尔·萨恩斯 著 尹楠 译

责任编辑 李 辉
监　　制 李 炜 张苗苗 文赛峰
策划编辑 温宝旭
营销支持 付 佳 杨 朔 周 然
版权支持 王立萌 辛 艳
封面绘画 欧永陆HARE6
封面题字 王嘉辉
版式设计 马睿君
封面设计 梁秋晨
内文排版 百朗文化

出　　版 内蒙古文化出版社
地　　址 呼伦贝尔市海拉尔区河东新春街 4 付 3 号
直销热线 0470-8241422 邮编 021008

印刷装订 天津丰富彩艺印刷有限公司
开　　本 875mm × 1230mm 1/32
字　　数 241 千字
印　　张 10.75
版　　次 2023 年 9 月第 1 版
印　　次 2023 年 9 月第 1 次印刷
书　　号 ISBN 978-7-5521-2350-0
定　　价 58.00 元